为 人 生 提 供 领 跑 世 界 的 力 量

BLACK SWAN

The Priority List

A Teacher's Final Quest to Discover
Life's Greatest Lessons

一个人最后的清单

人生中最重要的事

[美] 大卫 · 蒙纳许 David Menasche 著
谢佳真 译

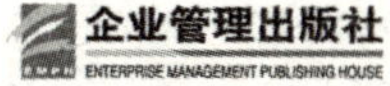

企业管理出版社
ENTERPRISE MANAGEMENT PUBLISHING HOUSE

图书在版编目（CIP）数据

一个人最后的清单 /（美）蒙纳许著；谢佳真译.
—北京：企业管理出版社，2015.9
书名原文：The PRIORITY LIST
ISBN 978-7-5164-1119-3

Ⅰ.①一… Ⅱ.①蒙… ②谢… Ⅲ.①长篇小说—美国—现代
Ⅳ.①I712.45

中国版本图书馆CIP数据核字（2015）第196767号

北京市版权局著作权合同登记 图字：01-2015-4708

书　　名：一个人最后的清单
作　　者：（美）大卫·蒙纳许
译　　者：谢佳真
责任编辑：周灵均
封面设计：天行健
书　　号：ISBN 978-7-5164-1119-3
出版发行：企业管理出版社
地　　址：北京市海淀区紫竹院南路17号 邮编：100048
网　　址：http://www.emph.cn
电　　话：编辑部（010）68453201 发行部（010）68701638
电子信箱：80147@sina.cn zhs@emph.cn
印　　刷：北京鹏润伟业印刷有限公司印刷
经　　销：新华书店
规　　格：700mm × 980mm 1/16 印张11.25 130千字
版　　次：2015年12月第1版 2015年12月第1次印刷
定　　价：36.80元

献给雅各·蒙纳许

他教我无须勇敢

却让我知道如何勇敢

我是世界上最幸运的人

大卫·蒙纳许

希望各位大人有大量，容许我借用伟大的卢·格里克的一句话。他在三十六岁那一年得知自己大限已近，不久后便在扬基体育场发表告别演说："今天，我自认为是世界上最幸运的人。"

那正是我的心声，我确实很幸运。

在2006年的时候，我的年纪和卢差不多，教书生涯正值巅峰，却被诊断出脑瘤，只剩几个月的寿命。七年后的现在，我坐在新奥尔良的家里，腿瘸了，眼睛几乎失明，而我何其有幸，仍然可以欣赏窗外美丽的粉红色木兰花，见到挚爱的人，与朋友共同欢笑，还得到了和大家分享个人经历的机会。

我是讲究实际的人，我能够活到今天，根本没有道理可言。

我的病情从来不允许我忘记，这场意志之战的最后赢家将是它，不是我。我知道癌症会搏倒我，时间只会早，不会晚。

尽管我的视野缩减，世界日渐黑暗，双手无力到不能举起叉子自己进食，两条腿在我的身躯之下日渐衰弱，但我选择在仅存的日子里，以我所知的唯一方式走完人生，并且心怀喜乐。

以前我可以在讲台上教书，现在不行了，尤其我已经迈向死亡，希望我在此分享的经验和心得，能提醒大家生命的可贵。如今我的时日不多了，我从没有比现在更感激生命。

再一次，我要借用棒球“铁马”[①]的告别演说词：

“总结一句话，我或许很倒霉，但还有很多值得我活下去的事物。在我咽下最后一口气之前，我都会好好活着的。”

---

① 前面提到的棒球选手卢·格里克有“铁马”的称号，他因“肌萎缩性脊髓侧索硬化症”而退出赛场。

这一生并不长

也许某一天

再也没有机会

趁还来得及

去做你想做的事

去爱你想爱的人

发微博加话题#一个人最后的清单#晒出你的优先清单，哪些想做的事，哪些重要的人……@黑天鹅图书

分享你的清单

找到和你兴趣相投的小伙伴

告诉你爱的人Ta有多重要

示例

@王泽阳wzy

#一个人最后的清单#每天静坐一下，喝一杯茶，跟你在一起浪费时光，无所事事，这样就很好。@黑天鹅图书

@老妖要fighting

#一个人最后的清单#对我来说，最重要的事，应该是自由、健康、自我价值与爱。想要找一个相爱的人，一起过完剩下的一生。@黑天鹅图书

最后的一个人

清单

1 •

我的左耳在耳鸣。我没有多想，只觉得那是类似游乐场旋转飞椅一样的魔音穿脑，差别只是这种嗡鸣来自头部的里面，而我置之不理。在几个月后，有一天，魔音化为颤抖，以我的脸部为起点，横扫整个左半边的躯干，后来更扩散到脚尖。该看医生了，蒙纳许，我这么告诉自己。宝拉帮我挂号，她一手包办了我们婚姻生活中需要管理的大小事。要不是有宝拉，在我想起电费账单还没付这件事之前，电灯都不会亮了。

我挂了普通门诊的号，被转到耳鼻喉科，耳鼻喉科判定我该看神经科。神经科的医生叫保罗·丹斯基，年纪很轻，只比当时三十四岁的我大一点点，似乎是个很酷、很直率的人，我喜欢这种人。我希望他会将我的症状归因于一条紧缩或痉挛的神经，但他送我去做一连串检验，统统都有缩写，如：EEG（脑电图）、EKG（心电图）、CAT（断层扫描）、MRI（磁共振成像）等。前三项的结果正常，让我松了一大口气。丹斯基医生说，最后一项磁共振成像，绝对可以看出端倪。检验报告要几天后才会出炉。没人喜欢等待，我也不例外，所以我专注在一项可以绝对占据我心思的事上——埋头于工作。

珊瑚礁高中，号称迈阿密的超级磁铁学校[①]，可不是没有依据的。来自全美各地的学生抢着就读我们的六种大学预科课程：国际文凭、农业科技与工

① 课程有特别设计的公立学校，以便从周边广大社区吸引学生。

程、商业与金融、法律与公共事务、健康科学、视觉与表演艺术。筛选的主要方式是抽签，但视觉与表演艺术不抽签，采用面试制，竞争很激烈。有那么多志在演艺事业的年轻人在我们学校就读，所以校园里很有电影《名扬四海》[①]的味道。走廊上随时有练歌、练舞的年轻男女，只要身处其中，你的心情就会忍不住好起来。在我生病前，我没有请过一次假。

我是1997年创校时的元老级教师，这是我的第一份教职工作，而且说真的，那时我才二十五岁，并不比我的学生大多少。在我任教的十六年间，多半是带十一年级的荣誉英文课[②]及大学预科英文[③]。我很爱看着这些十五六岁的孩子做出人生的第一个重大抉择：未来的职业生涯，感情生活，要住在哪里，上哪一所大学，读什么科系。同时，他们学习开车，找第一份工作；他们试探酒精、性爱、自我定位与自由——那是孩子们的超凡时期。神奇的是，尽管他们才开始一步步地变得独立，经常热切地想要更多，但多半还没有对学校感到厌倦。能够参与他们的蜕变过程，真是一项殊荣。

我乐于做个不同凡响的老师，而我向孩子们表达这份热忱的其中一个办法，就是永远敞开教室的大门。午休时，多半会有五六个至十几个学生跑进我的教室。在许多个日子里，会有人排演台词、唱歌、跳舞、演奏小提琴或吉他。偶尔会有人为了男友或糟糕的成绩哭泣，这多半发生在第一堂课之前或放学后，其余时间都洋溢着欢乐的气氛。

---

① 1980年的电影，描述一群年轻人在高中学习演艺课程，希望日后闯出一片天。

② 美国高中有荣誉班和普通班之分，荣誉班的要求较高，类似人们说的“好班”。

③ 大一程度的英文课，可在就读大学后折抵大学的英文学分。

3

我得知诊断的那一天就是如此。

那是我最爱的感恩节前一天。我坐在办公桌前，和我最投缘的同事丹尼丝·阿诺德坐在一边，她教四年级[1]的荣誉英文课。娇小的丹尼丝的胃口就像小鸟，即使吃东西，通常不过是从她藏在办公桌里的一包M&M巧克力里摸几颗出来。我午休常会买健康的餐点，存心要引发她的罪恶感，好哄她吃上几口。那天，我们分食一份从自助餐厅买的色拉，开玩笑地说我们运气真好，因为这次我们的塑胶容器里除了萎蔫的生菜和潮湿的面包丁，还多了小黄瓜。孩子们来来去去，快吃完时，我的手机响起了旧版马里奥兄弟电玩的铃声。我打开手机，在屏幕上看到我医生的名字。

“哈喽！”我从桌子前站起来。

“我是丹斯基医生的护士。”电话另一端的声音有些哀怨，“你的检验报告出来了。”

或许是我生性乐观，向来认为凡事都会平安落幕。我开心地说：“啊，太好了！结果怎样？”

她迟疑了一下，我感觉到心脏在颤抖。“不，你得来一趟，找人陪你来。”

我觉得肚子好像被人踹了一脚。“我在学校，要晚点才能去。”

恐惧实在擅长玩弄人心，我八成是希望只要我说不能马上过去，死命抓住电话响起前的正常生活，就能扭转结果，让护士改口：“噢，没关系，我们安排其他时间好了。”但她没有。

---

① 珊瑚礁高中是四年制高中，所以这里的高四相当于一般学校的高三。

"不用担心时间，医生会留下来等你。"她说。

这下子，她好像是用钉鞋踹了我肚子一样。

"好。"我说。

我很快地挂掉手机，转身看着丹尼丝，她张口结舌，忧心地瞪大了眼睛。我说："检查报告出炉了，医生要我去听结果，不见得就是坏消息。"我的朋友以安抚的目光看着我说："不会有事的，大卫，我知道一定没事的。拜托，你可是天下无敌的耶！"

天知道我怎么挨过下午的课，但我记得有些时候，我和学生讨论到浑然忘我，把医生的事抛到九霄云外。下班后，我和丹尼丝走到停车场，我们聊了可能发生的情况、我的现状等。走到车旁边时，我转身对她说："一切正常的日子就到此为止了。"要是时间可以冻结就好了。

我钻到车子的方向盘前，将广播的音量调高，走帕尔梅托高速公路北上去接我太太宝拉。宝拉在迈阿密另一所高中教历史，她没有驾照，都是我载她上下班，这是我们的例行公事。一如往常，我到的时候，她已在学校外面等我。她坐上副驾驶座，我调低音乐的音量，告诉她这个消息。

她试图冷静，惊慌的程度却显然不输给我。

去看医生的车程似乎没有尽头，对我来说却太短了。我满脑子想着只要越晚听到检验结果的时间，假装天下太平的时间就越久。我口干舌燥，胃揪成一团。宝拉试着聊她今天工作的情况，我很感谢她的好意，但我一个字都听不进去，只是不断地点头，还有努力地喘气。

我们到的时候，丹斯基医生果然在。护士兀自为我们指出他的办公室，不和我们的视线接触。办公室的门是开着的，我和宝拉走进去，丹斯基医生坐在桌子后面，褐色的头发理得比上次见面时短，他披着白色的实验室外衣，脖子上挂着一副听诊器，说了“请坐”后，他指着面向他桌子的两张棕黑色系的塑胶椅。他说出我听不懂的医学术语，多形性神经胶质母细胞瘤？我连念都不会念，更不懂是什么意思。“好！”丹斯基医生说，“我们来看片子。”

在他背后，大大的计算机屏幕上有个不祥的影像，依我看，那一大坨汹涌回旋的黑黑、白白、灰灰的糊状物，很像罗夏墨迹测验的图案。医生转过身，指着屏幕，就事论事地说：“那是你的大脑。”我调整椅子的位置，好看个清楚。宝拉站了起来，走到我背后。我根本不知道自己看到的是什么。他指着灰色背景上的一团白色东西，感觉像气象报告上会有的东西，就是多普勒雷达屏幕上的飓风云。我头里面的飓风是脑瘤，这个解释够浅白了，但我有千百万个问题，我做老师的职业病发作了。

“所以那是什么意思？”我问，“是良性的吗？”我想得太美了。

丹斯基医生放下写字板和笔，直视我的眼睛，在椅子上不自在地挪动身体。“大脑的肿瘤都不是良性的。”他说。

“像癌症那样吗？”

“对，是癌症。”

他干脆朝我的太阳神经丛狠狠揍一拳算了，我吸不到空气。我觉得自己被击垮，感到空洞。医生看到我脸上的惊骇，试图减轻他刚才引发的震撼，说道：“但我们还不清楚你的病情，大卫。我们得做切片。”做切片干吗？他都说是癌症了。“我们需要一些信息。”丹斯基医生说，“我们得了解它的成长速度，说不定它已经在那里二十年，一直龟速生长。”

好，我心想，切片我还应付得来，但当时我还不知道他们得切开我的颅骨。

“暑假可以吗？”我问。

他噘起嘴巴。有时候，当学生提出特别天真的问题，我也会那样噘着嘴。

“不行，那拖太久了。”他说。

“好吧，那圣诞节假期呢？只剩一个月了。”

“我真的不知道你能不能撑那么久。”他说。

我猛然往后缩，就像是被甩了一记耳光，打击接二连三地来。“不治疗的话，预估寿命大约是两个月。”丹斯基医生说。我环顾他的办公室，墙壁被漆成医院手术服的颜色，只是色泽更淡，装饰品是一张印着脊髓和大脑的海报，角落有一张铺了干爽白纸的不锈钢检验台，一切都冰冷淡漠。当别人和你说你的大限已到时，最起码不是应该挑个舒适宜人的环境吗？“我可以维持现状多久？”我问，但其实我心里有数，能够维持现状的时机已经过了。

宝拉隐忍着情绪，但我控制不了，我暂时告退，走到外面的停车场打电话给我的哥哥雅各。他大我八岁，是一位自由职业的编辑兼记者。尽管工作繁忙，他总是在我需要的时候支持我，雅各是我的磐石。当我听到他的声音时，我放声痛哭，几乎说不出话。脑癌、晚期、只剩几个月可活。我才三十四岁，可恶。我热爱工作，我热爱妻子，我热爱生命，虽然听起来可能像陈词滥调，但是当你被宣判死刑，你真的会问自己：怎么会发生这种事？这场噩梦几时结束?

这就是我一边哭、一边对雅各说的话。怎么会发生这种事?我一向认真地做个好人,我努力要把事情做对。我是不是撞到头了?吃了不该吃的食物?

“大卫,”他最后说,“你一定要坚强起来。”这就是我老哥,一直鼓励我抬头挺胸,撑过难关,鼓起勇气。为了雅各,为了宝拉,为了我的学生,我要勇敢,我不要一副虚弱、无力、失控的样子。我深深呼吸了一口气,再深呼吸,而那些完全出乎意料的话语不知道从哪儿来的,就从我嘴里说了出来。

“别担心,我可以搞定的。”我说。听到自己这样说很奇怪,更怪的是我还知道自己办得到。

2 •

在纵情地大哭了一场之后，我和宝拉在感恩节时开车到我父母家，一份要命的诊断书带来的改变可真大。之前，我迫不及待地想要过感恩节，这是我最爱的节日，因为只有在这一天，妈妈会豁出一切，将她的上等银器、精致瓷器乃至敲一下就叮叮响的水晶高脚杯统统搬出来用，至亲们也都会在场：老爸老妈，雅各和他老婆陶儿，他们的儿子伊曼纽、诺亚，还有我大哥莫里斯、大嫂米歇尔和他们的儿子雅各、扎克（我们家族超过三十年没有生女儿），近亲也会来。这顿饭通常有二十人到三十五人，我们得动用长长的折叠桌，从餐室摆到客厅，才能容纳每一个人的位子。我们身处的气氛总是其乐融融的，在五点前后，宾客就会陆续出现，雅各和我会担任酒保的角色，而其他人就坐着闲话家常，等着吃大餐。重头戏会在大约七点上场，主菜必然是一只大得像丰田普锐斯的火鸡，还有各式各样的配菜。

我父母住在彭布罗克派恩斯市中一个色彩柔和的小住宅区，距离迈阿密约四十分钟的车程。宝拉在学习开车，平时除非万不得已，否则绝不坐上驾驶座，这次却主动提议要开车，我心里头松了一口气。我已经决定以坚强的态度告诉父母我罹患癌症，但我很害怕这场对话，想先做些心理准备。我知道妈妈会崩溃，感恩节对她来说是一年中最特殊的日子，说什么也不能毁在我手里。

我和宝拉到的时候，从纽约搭飞机前来的雅各一家子，在几个钟头前早就到了。当我们都坐在客厅时，我心想，不如趁这个时机向父母报告病情，客人还要几个钟头才会到，大家会有稳定情绪的时间。我对自己的肢体语言极度敏感，试图借此传达我的自信：往后靠，腿交叉着，手臂不交叠，摆出放松的样子。我父母就坐在我对面的双人沙发上（他们即将庆祝结婚四十七周年，仍然坐得很近）。

“那个，”我的口吻轻松得像报道地方气象，“丹斯基医生告诉我磁共振成像的结果了。”

我妈的脸都僵了。

陶儿察觉我们好像要谈正事，不然就是雅各先前和她说了，总之她起身把孩子们带过来，并参与对话。一开始，我担心十一岁和八岁的孩子年龄太小，不适合听我接下来要说的话，可是有侄子们在场，却让我更有保持镇静、安抚家人的动力。

“噢？他怎么说？”妈妈问。

看到她眼里的担忧，我好想哭，但是一哭就会破坏我的目标。我宛如鹦鹉学舌，说出医生讲过的话，搬出那一套我后来查维基百科才搞懂的医学术语：“多形性神经胶质母细胞瘤是人类最常见也最具侵略性的恶性脑瘤，属于神经胶细胞病变，百分之五十二的功能性组织脑瘤及百分之二十的颅内肿瘤是由多形性神经胶质母细胞瘤引起的。这种病极为罕见，每十万人会有两至三个病例，治疗方式包括化学治疗、放射治疗和手术。”我说出最后一部分，“接受治疗的中位存活期[1]是十五个月，不予治疗的中位存活期是四个月。”

---

① 百分之五十的病人可以存活的时间。

我母亲迸出泪水，那是专门用在悲伤到不能自已时的眼泪，那吓到我了，我为之心碎。“妈，”我安抚地说，“我真的很爱你，但你先冷静冷静，我会好好的，一切都会没事的。”

“这到底是什么意思？”她在号哭间吐出了话。我看看坐在我旁边的宝拉，希望她有什么答案，但她沉默不语。因此，我决定像医生一样，实际说明我出了什么毛病，我将两只拳头靠在一起，说：“大脑就这么大。”我张开右手。“这只手代表我健康的大脑，因为这颗肿瘤越长越大，导致我的大脑在颅骨内受到挤压。”我握起右拳。这时，十一岁的侄子伊曼纽开口了，他问：“你怎么会生这种病？”好问题，我心想，并诚实作答：“不知道，有的人就是会生病。这种病很罕见，患病者绝大部分是婴儿或年纪很大的老人。其实，我的状况算运气好的，我的身体在其他方面都很健康，而且强壮，打倒病魔的胜算很大。”连我都觉得自己讲得很有说服力。

我父亲是艺术家，感情细腻，能借用颜料优美地表达自己的感受，但是如果要用言语说出自己的感觉，却常常会词穷，而他面对这件事的方式就是否认。“好了，”他最后以一贯的简洁风格说，“你可以搞定的，你会没事的。”任务达成，爸爸变更话题，聊起罹患癫痫症的朋友们（好歹我得的不是那种病），我们就像癌症这个词还没入侵我们生活之前一样，开始闲话家常。

稍后，大家都到齐了，在亲戚和家族的朋友们面前，我尽量摆出平时的样子，无忧无虑，随时准备玩个痛快。据我所知，其他人还没听说我生病，暂时不提病情的话题应该不难，但我错了。雅各和我在调酒、倒酒时，家族成员丹尼晃过来说：“听说你生病了。”我调整呼吸，立即扮演起我为父母演练过的角色，努力云淡风轻地说："对啊，医生要检查我脑袋里的东西。"他问："癌症吗？"我叹了口气，很努力装出完全不在意的态度："现在连切片都还没做，什么都还不知道。"对，我试着轻轻带过这件事，可是丹尼不买账，又问："哪一种癌症？"我前一天晚上都在研究医生给我的资料，而现在我就转述给丹尼听，那些术语对他来说实在太深奥，他听得一头雾水，就像我第一次听到时一样，也听不太懂。"多形性神经胶质母细胞瘤，"我说，"直径四十三毫米。"丹尼呆呆地瞪着我，所以我换个说法："我的右颞叶长了一颗和高尔夫球差不多大的肿瘤。"

"你感觉还好吗？"他问。

不知道怎么回事，我竟然放纵自己自暴自弃，瞒着没说的话全部都说了出来。我描述了整个左半身所感受到的刺麻痛楚，还有令我觉得恶心又疲倦的痉挛。"一天会发作至少五次，"我说，"每次都像被电击一样。"我又再看他一眼，这次，他眼里闪着泪光。"真的很遗憾。那太可怕了，我真的感到很遗憾。"他说了一遍又一遍。我说我也很抱歉，很抱歉我一时松懈，毁了他的感恩节。

在那一刻，我告诫自己：我，不准再大嘴巴了！对人说出癌症的真相是很不厚道的，别人只需要听到可以解除他们心理压力的话。反正他们对你的病无能为力，从今以后，和他们说："我没事！"如此一来，他们就会觉得："太好了！他没事！"

看到丹尼的反应，我意识到：我要是详细地交代我的健康状态，别人就会开始畏缩，不再和我提他们自己的困扰，生怕会加重我的心理负担，我才不要那样。我知道癌症会改变我，但我绝不容许癌症夺去我重视的个人特质，其中我最重视的就是乐观和同理心。我向来是帮人加油打气、伸出援手的人，所以我极不愿意做的事就是自怜自艾、开口求助。

就这样，我开始扮演随后六年的角色。

你好吗？

没什么可以抱怨的啊！我很好！你好吗？

我越演越上手，最后就相信了这个角色。

那一晚从父母家告辞的时候，我坚持亲自开车。我心爱的野马也开不了几次了，不久我们便将车子换成比较实用的车款，我觉得新车看起来像一台大型烤面包机，但感觉上足以保障宝拉的驾驶安全。十三年来，我载着她四处跑，无论是买菜、看医生，还是去买她的每一双鞋。现在她说要去考驾照，我了解了这件事的讽刺，她明白她不能再继续依赖我，我靠不住，恐怕她还没学会并排停车，我可能就走了。

在午夜时分，我把车停在我们家的车道上，宝拉回到家就上床睡觉，但我睡不着，决定起来准备下周一的课。我在桌子前坐下，慌乱的心情像一道闪电撼动了我。我心想："学生们！我得请假去做切片，我没和学校请过假，他们会问我为什么请假，我要和他们说什么？我究竟能说什么？"

那个周末，我清醒着的每个小时都在准备这场谈话，一直练习到我满意为止。我反复修改稿子，在镜子前对着自己练习，确认我的表情可以配合我要传递的信息。到了周日午夜，我已经练得滚瓜烂熟。

3 ·

我准备就绪，连踏进教室的走路姿态也排练妥当，我的步伐必须恰到好处，自信、自制。当我在周末演练“我得了脑癌”的谈话时，就觉得应该动用道具，但这主要是为了孩子们，而不是我，我认为道具可以转移他们对我丑恶病情的注意力。青少年很敏感（我知道这样讲太客气了），对很多学生来说，这是他们第一次面对疾病，我不能搞砸，我必须说明我的病情，但不能吓到他们，也不能令他们觉得和我有隔阂（我很讶异地发现，居然一堆人以为癌症会传染）。我的癌症是瞒不了人的（毕竟，我很清楚我之后的命运，如果我运气好到还有“之后”可言的话），手术、化疗、放疗的后续影响，绝对会泄我的底。

此外，我对这些孩子从来没有秘密。我坚决主张做人要诚实坦白，即使真相很可怕，即使公开真相会招致不愉快的后果也是如此。多年来，我亲眼看到了在课堂上开诚布公的好处，看到学生因此而得到了唯有以真面目示人才会有的自由解放感。每个学期，在我们例行的诚实待人待己的讨论后，必定会有一个男孩或女孩向全班“坦白”，我还没见过哪一次擦枪走火。我看过孩子们承认以刀割或火烧自残，还有不少其他的真实内心或痛苦真相。我知道吐露真相对他们来说很困难，但他们确实很勇敢，我看到，当我和其他同学全然接纳他们的真实样貌时，他们的人生也随之转变。我看到学生们卸下了秘密的重担以后，立刻强壮起来。他们本人和同学们都学会了宝贵的一课：信任带来尊重。我需要学生们知道，因为我对他们极具信心，所以我和他们分享人生最神圣的一段旅程——死亡。我只需要采用能让他们感到安全的方式就行了。身体力行你的教诲，我告诉自己：孩子们有权知道，他们要陪你走这一段，让他们接受这件事。我有一只戴着帽子的企鹅玩偶，那帽子看起来其实像发辫，我觉得它或许可以让我的告白活泼一点。我不知道企鹅哪儿来的，一定是哪个学生送我的礼物，我很高兴能在周末找到它，并且灵光一闪，将它命名为温斯洛。

星期一，灿烂的一天，就像一张水彩的迈阿密明信片。我大步走向来上第一堂课的学生，脸上挂着笑容，怀里抱着温斯洛。“早安！大家今天好吗？”我拉出桌子后面的高脚椅，让温斯洛坐在上面，自己站在高脚椅后方，待在温斯洛右后方一点点的位置。“我有事要宣布，现在把桌子靠拢一点。”孩子们暗暗窃笑，你看我，我看你，好像确定我终于疯了。“好了，我们要做什么？”他们问。“你现在在玩什么把戏，蒙纳许？”我和他们一起哈哈笑。

大家都坐好之后，我看着温斯洛，就开始说话：“我和大家说过，我最近身体不太舒服。”我语气很爽朗。温斯洛点头附和。“记得我的耳朵会耳鸣吗？”我问。“好消息是，我的耳朵没问题！”我收起小腹，说下去，“但我做了其他检查，发现我长了脑瘤。”我抬头看着学生。

片刻前，那些孩子还在嘻嘻哈哈，现在他们神情严肃、鸦雀无声。“脑瘤是什么？”有人问。“一个会长大的东西。”我说。而突如其来的满室寂静令人迷乱，我的教室一向充满学习与分享的喧闹。另一个女学生发言：“我叔叔得癌症死了。”她涌出泪水。有另一个人提问：“你会死掉吗？”我说：“迟早会死，但不是现在。”

我看得出这个消息令他们很难过。我想到了家族成员丹尼，知道自己必须赶紧恢复镇静。“嘿，”我说，“没理由丧气，我有大好的人生！每个人都会有自己的担子要扛，而这是我的担子。”我将温斯洛摆到一边，提起精神喊话，说我哪里都不去，想甩掉我，可没那么简单，然后我复诵我的新箴言。

“别担心，”我说，“我可以搞定的。”

趁还来得及，去跟最爱的人说你爱TA

在那一堂课上，我坐在第一排，每次都是。蒙纳许老师带着温斯洛走进来，刚开始，我不知道那是要干什么。然后他开始说话。一开始，他的口气像是要和我们说故事，他都从讲故事开始上课，可是我听到了“癌症”这个词，我在错愕之余就哭了。我以为他第二天就不会来学校，我觉得很无助、很孤单。以后不能上他的课是很惨的一件事，但永远没机会遇到他的学生更惨。

他是那种一辈子才碰得到一次的老师。这样的老师教你的事情，你会在上完课很久以后还记得。他很尊重我们，我们也很尊重他——他说我们可以在上课时写纸条。他说：“我是英文老师，凭什么不鼓励你们阅读和写作？”但他的课引人入胜，你连写纸条给朋友的念头都不会有，你只会忙着听进每一个字，融入其中，好好学习。

我受不了他会离开我们的想法，更受不了他在未来几年受苦。我不知道该说什么或怎么办，唯一能做的就是哭。然后他说了一句我永远不会忘的话：“别担心，我可以搞定的。”这辈子还没有谁让我这么引以为荣。当我走出教室时，我的心感到很充实，而且我挂着微笑。

——吉赛儿·罗德里格斯

珊瑚礁高中／2008年毕业

4·

小说家艾莉丝·希柏德（Alice Sebold）曾写过一句话："有时候，实现了的梦想，是那些你根本不知道自己曾怀抱的梦想。"我生来就要做老师，只不过，我是在大学念到一半时才知道的。我偶然碰上了一个可以成真的梦想，当时我在格林威治村的社会研究新学院大学，于尤金朗学院就读新闻系。在《普林斯顿评论》评比中，新学院大学被评为全美最能鼓励辩论与讨论的大专院校，那正合我意。我是个自以为是的孩子，从经营书店的父母身上遗传到对书本的热爱。唯有文字，超越了我对唇枪舌剑的热忱，我以为写作或许是值得追求的事业，但是想归想，不如来点儿实际的经验。然而，我不过在这一行踏出第一步，就觉得自己可能选错行了。我参加那个年代最新潮的音乐杂志*Spin*的暑期实习甄选，编辑给我一叠新CD，要求我在第二天早上交出一篇乐评。我听了每一张专辑，坐在打字机前面，人就呆住了，我怎么敢评论呛辣红椒[①]的作品？他们是我很爱的乐团，万一我错了怎么办？万一他们打电话来抗议呢？我断断续续地挤稿子（大半时候处于中断状态），彻夜未眠，只为了写完乐评。第二天早上，我交出稿子时已经睡眠不足，肩膀因为耸到耳朵上几小时而酸痛，我心想：你确定这就是你要的吗？答案是缭绕不绝的"才不呢"！压力这么大，我还没活到二十一岁就死翘翘了。

① 成立于1983年的美国摇滚乐队。

我得到了这份实习工作，对其他参加甄选的学生来说，他们都恨不得卖掉他们人生中第一辆车，只为换得一个在Spin实习的机会，但我没那种感觉。我要怎么在这一行待下去？我纳闷着，对截稿期限没辙，写作瓶颈将会没有尽头，我会精神崩溃，永远别想睡觉了！我终究是乐观的人，我想到了心爱的作家杰克·凯鲁亚克在《在路上》里的一句话："想这些干吗？黄金大地在你面前展开，意料之外的各种事情正蠢蠢欲动，等着突袭你，令你庆幸自己活着得以亲眼看到一切呢。"而潜伏的在不久的将来会发生的意外事件，是我付不起下一学期的学费，我父母也掏不出钱，因此我必须放弃实习——我其实不在乎。

接着，我碰上了自己始料未及的让美梦成真的机会。那个学期我休学了，在城里做收拾餐桌的工作，打了几个月工，连假日也不放过，直到存够了学费，返回新学院重拾课业。大约半个学期后，一位我非常喜爱的教授说服我去上教学与写作课程，这个课程会把热爱写作的人送进纽约的公立学校一星期，给他们教书的机会，我因此去了纽约上州[①]，教一群求知若渴的一年级学生。那个小村庄的学校中央有一个结冰的池塘，在我这种迈阿密小孩的眼中特别迷人。初来乍到的第一天，我就决定不要对学生照本宣科，我为他们朗诵华特·惠特曼（Walt Whitman）的《草叶集》（"我坐看世间的种种愁苦，种种压迫与羞耻……"），我朗诵时唱作俱佳，活力四射，因为那正是惠特曼给我的感受。

① 泛指除纽约市及长岛地区以外的所有纽约州地区。

我望着只有六岁的学生们，他们跷着脚坐在我前面，我在他们眼中看到惊奇。我还没朗诵完，他们的手就举起来，想要发问。我问："等我念完，我们再讨论好吗？"他们声音洪亮且异口同声地说："好！"朗诵完毕后，一只只手又举起来了。我回答了一些问题，然后冒出一个点子："不然这样好了，我们去外面，写我们自己的诗。"在孩子们开心地尖叫时我让他们穿上暖和的衣服，像率领一群小鸭子似的带他们出去，分给他们一人一小叠黄色的便利贴和三支蜡笔，请他们写下三样他们注意到的东西，一样东西一张纸。孩子们东奔西跑，什么东西都要看看。我心想，他们和惠特曼没什么两样，对周遭事物都充满了热忱，他们写下"石头""叶子""脚印""雪花"之类的词。

当我看到其中一只小鸭子的上唇挂着冰冻的鼻涕，而另外两个在打哆嗦时，我便将他们全都带回室内，请孩子们将便利贴贴在黑板上，一再重新排列，直到孩子们满意文字的顺序为止。做完这些事之后，他们就完成了一首诗！学生们很有成就感，开心地蹦跳着，那也正是我看着他们学习时的感受，就是这样了，我回不了头了。就在那一刻，我知道自己想当老师。

我从来不知道的一个梦想即将成真。

趁还来得及，去跟最爱的人说你爱TA

他不只教我该学的东西，他还教我如何学习，以及如何乐在学习。

——埃卓安娜·安古洛

珊瑚礁高中／2008年毕业

5 ·

我在新学院认识宝拉，我们修同一堂哲学课。她一副典型美国女孩的模样，暗金色的头发，晶莹剔透的肌肤，还有一双我生平见过的最悲伤的蓝绿色眼睛，只有一点不同：她戴着鼻环，黑色皮夹克后面用喷漆喷了一个另类摇滚乐团的名字——“音速青春”。宝拉是全班脑筋最灵光的，也是我见过的最聪明的人。对我来说，聪明是最迷人的事（噢！真讽刺），而她的脑容量绝对很大（这颗大脑后来让她在益智节目《危机边缘》[①]中有令人赞叹的表现）。总之，她在课堂上永远说得出深刻的见解，而她的智慧（还有她的外套）令我着迷。

我记得第一次我发现自己想要认识教室外的她时，是在我们的研讨课堂上，我们十个还是十二个人围着一张圆桌坐下，教授开始讨论希腊哲学家柏拉图在《理想国》中提出的“洞穴之喻”。故事讲的是柏拉图的老师苏格拉底与柏拉图的兄弟葛乐康的虚拟对话，以复杂且层层堆砌的隐喻来比较我们对现实的认知与我们相信的现实（哲学不谈微不足道的琐事）。教授让我们把故事看完，以便上课讨论，可是教授请大家发言的时候，大家的回答却都很肤浅，一下子就能识破，根本没人看过书，唯独宝拉例外。她不仅看了书，还认真钻研剖析，准备了令人叹服的问题与观点去上课。显然，阅读不能满足她，她真心

① 1964年开始的美国的电视智力竞赛节目。

想了解柏拉图的理论。对我来说，那是关键，我整个人都被她吸引了，我神魂颠倒。

那天下课后，我鼓起勇气，约宝拉出去，我说有几个人要去东村的7B酒吧。“我非常希望你能一起来。”我说。她毫不迟疑地答应，我又讶异又兴奋。那天晚上非常过瘾，我们聆听音乐，在一罐罐滚石啤酒的推波助澜下，我们谈得很投机。我们坐在我最爱的位置，通过旁边的大窗户可以俯瞰第七街，宝拉在我对面。快要散会时，我的朋友格雷格凑向我，压低声音说我应该追她。她听到了，露出笑容。我认为这是一个好征兆，代表她是喜欢我的，或至少有点好感。

我们俩走出7B酒吧时心情都很好，我自告奋勇要步行送宝拉回十二街的罗卜大楼宿舍房间。我们两人都舍不得这一夜就此结束，所以我们中途拐到联合广场公园。那个时候，宝拉是历史狂人，我们在公园漫步，欣赏乔治·华盛顿、亚伯拉罕·林肯和拉法叶侯爵的雕像，我们在詹姆士饮水台旁边第一次接吻。宝拉说她的室友不喜欢访客，于是我提议去我住的地方继续聊。我的室友柯林、查理不介意有访客。我很幸运，因为宝拉接受我的邀请，并在那一夜之后决定留在我身边。不久之后，我们便同居，我很得意地叫她“我的女书呆子”。

宝拉也参加了教学与写作课程，那里的经验让她脱胎换骨，就像我一样。在新学院又念了两学期后，我们决定一块转学到有教师资格课程的学校，我们选择了在我老家迈阿密的一所大学。我们在我父母家度过第一个月，然后搬到我们在北迈阿密海滩的家。宝拉必须适应环境的巨变，迈阿密给了她文化上的冲击。之前，她只和我去过两次迈阿密（其中一次遇到五级的安德鲁飓风），两次都只有短暂停留。宝拉是佛蒙特人，那里一切都是绿油油的，人口分散，犯罪率几乎是零。现在我们住在水泥丛林中的窄小公寓，半夜的枪声是这里常有的事，这里是我们唯一负担得起的地方。

在佛罗里达国际大学注册后，我们还没有时间对周遭环境感到不安，就忙着在餐厅当服务生及上学，很少会待在家。教师资格的课程很严格，我们表现优异，那是一段令人激动的日子。我们仍然保有许多人在进入“现实世界”后立即丧失的理想主义，我下定决心不要丧失理想。两个学期后，课程已进入最后阶段，等课程修完后，就只剩下实习。但首先，我学到了一个惨痛的教训：不该说的话就不要说，说话要小心。

最后一门要修的课程是课堂管理技巧，基本上就是教我们怎样管教学生，宝拉和我上同一堂课。教授和我势同水火，她主张“纪律要严明，教师必须在学生面前建立坚定不移的权威，学生才会服服帖帖”。“你们要到圣诞节过了以后，才能在学生面前笑。”一天她这么教我们，“要是一开始就和蔼可亲，以后别想管得动学生。”“什么？是，我还是学生，但我想不出这种铁腕作风能有什么好处（这招对我保证无效）。”我就这么脱口而出。当年还不太会收敛言辞的我，下场可想而知。我觉得自己发表的言论最多算表态，而不是提出意见。

可想而知，教授怒不可遏，她咆哮着说：“你在想什么？你以为自己可以随时随地都受人欢迎吗？”我当下从她的话里认出了马基雅维利[①]的主张。马基雅维利告诉他的门生，也就是王子，他绝对控制不了别人的爱。人民会不会爱戴他，全然取决于人民；至于人民会不会畏惧他，倒是可以由他做主。我不愿意成为那种老师。“我是办不到，”我说，“但我真的相信我可以让学生尊重我。他们会尊重我，因为我会准备充分、了解教材；他们会尊重我，因为我在乎他们，尽力做到最好；而如果他们尊重我，希望他们也会喜欢我。”

我听到几个同学报以掌声，但我还来不及得意自己说出了铿锵有力的话，掌声便迅速平息，我听到教授的椅子推向后面墙壁的声音。她看着我，眼神冷到我觉得那对眼珠子从褐色变成蓝色也不奇怪，然后指着门口。“你出去！”她说。干得好啊，蒙纳许，我对自己说，然后夹着尾巴离开她的教室。这一门课是阻挡我完成实习、毕业、找到教职的唯一障碍，而我最后的成绩是——开除学籍！我学到的教训是：对老师只能点头迎合（我开玩笑的）。

我除了惊慌之外还是惊慌，于是去找我的另一位教授，盖尔·葛雷格博士，她也是英语教育学院的主任。葛雷格博士认为我潜力无穷，动了惜才之情，为我找到渡过难关的门路。她的解决方案，就是让我和她做独立研究[②]，她为我挑选的主题极具雄心，我在那个学期的功课是为高危险群的孩子们[③]设计一整套的阅读课程。我很感谢葛雷格博士的恩情，便付出全部心力，拿到了

---

① 意大利文艺复兴时期的重要人物，有政治家、哲学家、外交官的多重身份，所著的《君主论》一书，提出了现实主义的政治理论。

② 由学生自行拟定学习进度、目标，老师只从旁指导的一种学习方式。

③ 指因不良处境而较难完成学业的学生，诸如无家可归、滥用药物、思想偏差等。

A。我对她万分感激，但她说不用谢她，只叫我“去当个好老师吧”，我不曾忘记这件事。同时，宝拉待在学校修另一位教授的课，我们认为她因为我失言而拿了C，这是她这辈子唯一的C，她从没让我忘记这件事。

葛雷格博士也负责实习事务，轮到宝拉和我接受分派时，她让我们两个都去珊瑚礁高中，我教英文，宝拉教社会研究。几天后，负责带领我的高年级英文老师碰上女儿自杀的重大家庭悲剧，她觉得自己没办法重返工作岗位，我得自立自强了。

孩子们知道我奈何不了他们，但是在第一天，我就将他们视为和我平起平坐的人，老老实实地以体恤的心情说明他们老师遭逢的巨变。“很遗憾你们得和我上课。”我告诉他们，“我不知道自己能教你们什么，但我保证全力以赴。”

他们当时正在学谭恩美（Amy Tan）的《灶神之妻》，我不得不坦白我没看过。“你们觉得这本书怎么样？”我问。有些人耸耸肩，有的翻白眼，至少有一个人以打哈欠回应。不妙啊，我心想。我看了课程大纲，接着要上的是乔叟（Chaucer）的《坎特伯雷故事集》。“我念高中的时候觉得这个很好看，”我说，“不然，我们从谭恩美跳到乔叟好吗？如果你们有人想看完这本书，我就给他加分。”他们眼睛发亮，我甚至看到几个人露出了笑容。“我高中以后就没看《坎特伯雷故事集》了，大家对我要手下留情啊。”我说，“还有，我会拿出最优秀的表现。”

那晚回家，我不但把《坎特伯雷故事集》从头看到尾，还记下了全部学生的名字，毕竟我已经向他们许下承诺，我要让他们知道因为我重视他们，所以愿意信守约定。不管开除我的教授说了什么话，我要赢得学生们的敬意，向自己证明我的教学直觉敏锐。第二天的课堂气氛就变了，前一天似乎还疏远而且不屑的学生们开始讨论乔叟，问我写作及文学的问题，甚至问起我的事。我知道自己该学的东西还很多，但在那一天，我明白了身为一个老师，我可以自由运用的最佳权力，并不是因职务上伴随而来的权力，而是学生决定赋予我的力量。

我不希望实习结束，我已经喜欢上这群学生，为了他们的进步而高兴，更别提我还得出去找工作！结果，是工作找上了我。那一学年结束后，一位英文老师要离职，以便秋天时在一家全新开幕的磁铁学校担任部门主管，她请我和她一起走。宝拉获得了迈阿密珊瑚公园高中的全职历史教师工作，而在二十四岁的年纪，我就签下了我的命运。

一所叫珊瑚礁高中的地方。

在蒙纳许老师的教室，我可以放心抒发个人的见解和我对周遭世界的观点。“你们不是小朋友，所以我不会把你们当成小朋友看待。”这是他对我们班开宗明义说的话。我很喜欢他不指望我们只因为他是老师就敬他三分。他非常尊重、爱护我们，而且很慷慨，所以我们做学生的一向都很敬爱他。当师生之间建立了这种情谊与欣赏，你会受到鼓舞，永远拿出最好的表现。

——杰罗尔·泰隆

珊瑚礁高中／2010年毕业

6．

在上第一堂课的前一天上午，我在衣柜翻翻找找，挑选最能让我看起来像个老师的衣服。选择很有限，我上一次买衣服，大概是在摇滚音乐会的纪念品摊位。宝拉试图要帮忙。我举起最高档的一条Levi’s的牛仔裤问：“这件好吗？”（嘿，这条是干净的啊。）她说：“呃，不好。”我拉出一件涡纹图样的衬衫，这应该是高中时代的衣服，问道：“这件呢？”宝拉摇摇头：“不行。”最后我决定穿一条棕褐色卡其裤，一件有领扣的军绿色长袖衬衫（最近有熨过），搭配褐色的马丁大夫鞋。还少一样，就是领带。我只有一条领带，是我大学时代在一家牛排啤酒屋兼差的行头。找到了，米黄色和绿色的几何图案印花，宽度尚可接受，不会太细，我是从东村十四街的一个摊贩那里买的，从五美元杀价到三美元，虽然不是绝配，但差强人意。宝拉帮我打好领带，着装完毕，我在镜子前打量自己。“我是老师！”我大声说，我等不及要去上课了。

两星期前，我就去看过我的教室，相当漂亮，有刚粉刷的墙，闪亮的新桌子，落地窗俯瞰一片繁茂的绿色中庭，有棕榈树和野餐桌，桌子漆成蓝色、绿色、银色、黑色，这些都是代表我们学校的颜色。我挂上两张莎士比亚的海报，决定要请学生完成其余的装饰，这样一来，他们会觉得这是他们的教室。

大约就在那时候，我见到了许多同事。我们在比斯坎湾一个度假村的锈鹈鹕餐厅聚餐。那是美丽的夏末夜晚，我一度望向海湾另一端的硬石餐厅，那几个月我都在那里当服务生凑房租。那天我没去硬石餐厅上班，才能到这个度假村赴约。当我看着海面，想到平日那个时间，我都在卷银器（将银器包在餐巾里），唯一的差别是我即将从事梦想中的工作，即将为人师表。

我是新同事中年纪最小的一个，见到日后的同僚，我心想："哇，他们都是大人了。"我顿时醒悟：我现在也是大人了。全国各地的教师申请加入这所新学校，我们是大家眼中的"梦幻团队"，迈阿密的强中手。虽然我才二十出头，但不知何故，有人认为我担当得起这份殊荣。

正当我自命不凡的时候，一位新同事昂首阔步地走来，轻快地自我介绍。"哇，"她说，上上下下地慢慢打量我，从我浓密的深色头发，看到我鞋子上不成对的鞋带，"你是一只'菜鸟'。"

当我在为第一天教书挑选衣服时，猛然想到她的话，决定让自己的扮相成熟一点，每天都要打领带，还要蓄胡子。我的仪容必须融入同事，假装久了，总有一天会像样的，我这么告诉自己。尽管我很希望给同事留下好印象，但我最在乎的是孩子们，我等不及要见到他们。作家兼学者威廉·亚瑟·沃德（William Arthur Ward）写道："平庸的老师照本宣科，好的老师解释学问，卓越的老师以身作则，伟大的老师启发学生。"

我要成为伟大的老师，而且是最棒的一个。

趁还来得及，去跟最爱的人说你爱TA

在珊瑚礁高中敞开校门的第一天第一节课，我就上他的英文课，这是他教的第一个班级。从第一堂课开始，我就知道上他的课将是很特别的体验。他平易近人，他不照本宣科，他是一个说书人，他懂得以分享人生经验的方式教导我们，我们有一场对谈。当我坐在座位上上他的课，我觉得唯一要紧的事，就是我们浸淫在文学、诗、词汇世界的那几个小时。

我们读康明斯、惠特曼、图派克·夏库尔[1]的诗，没错，我说的就是图派克·夏库尔。他教我们《从混凝土长出来的玫瑰》（“混凝土中长出一株玫瑰，无人闻问，愿它长存……”），我真的大开眼界，因为我惊觉原来诗意无所不在，人人都有诗意。

回首过去，我才察觉他那个时候是“菜鸟”，但我们从不觉得眼前的老师仍在摸索教书之道。从第一天教书开始，他就有办法将复杂的内容变成每个学生都听得懂的东西。

有时候我会想，不知道他能不能实际体会到他让我们变得多强大，无论是在学业或个人修为上。他不仅教导我们，更启发了我们。

——埃萨·巴贝尔

珊瑚礁高中／2001年毕业

① 美国饶舌歌手。

7 ·

我提早到了我的教室进行最后的布置。为了给中性的米黄色墙壁注入生气，让教室更宜人，我把家里的书带来放进内嵌的书架上，将我亲手制作的作家拼贴照片挂在我桌子后方，那全是我心爱的美国作家，我花了几个钟头拼凑他们的照片，有华特 · 惠特曼、露易莎 · 梅 · 奥柯特、艾蜜莉 · 狄金生、斐德烈克 · 道格拉斯、詹姆斯 · 鲍德温、海丽叶 · 比彻 · 斯托、爱伦 · 坡，当然，还有海明威。我在海报上钉下最后一枚大头钉，跑下楼梯，到校长室参加教职员工的就任会议。大家兴奋地七嘴八舌，期待着新学校开张大吉，我们的学校将吸引佛罗里达州最优秀、最聪颖的学生前来就读。我环顾四周，心想：“今天就是我这辈子最棒的一天了！”

在会议的尾声，我和其他老师领到学生名单的复印件，一张表格上有一个班级。当我从细长的走廊走向教室时，鞋跟在铿亮的油毡地板上咯噔响，我翻看那些纸页，一股敬畏之情油然而生。我紧张得要命，我曾经像准父母揣测着未出世的孩子那样，想着我的学生，而现在学生有名有姓。“这些是我的孩子！”我对自己说。

回到教室后，我在白板上以大大的黑字写下自己的名字：“欢迎来上荣誉课程英文课！大维德 · 乔尔 · 蒙纳许。”不到一小时就要上台了，我练习开场的台词。

“大家早！欢迎来到珊瑚礁高中。我姓蒙纳许，大维德 · 乔尔 · 蒙纳许

（想象肖恩 · 康纳利扮演詹姆斯 · 邦德的角色），我知道这名字很怪。虽然看起来是‘大卫’（David），但发音是大维德。我的父亲来自埃及的开罗，母亲生于西伯利亚。除了英语系国家，世界各国都把David这个名字念成大维德。例如，意大利艺术家米开朗基罗的文艺复兴雕像大卫，发音就是大维德。”

直到多年后，其实，就是去年夏天时，我们全家计划搭乘邮轮去墨西哥的科兹美时，我才知道自己名字发音的由来（母亲叫了我一辈子的称呼，全家人也一直用到今天的叫法）显然是童年时我自己杜撰的说法。我们在父母家围着餐桌坐成一圈，复习行程的最新细节，检查护照。“为什么把我取名大维德？”桌子前的每个人都大笑起来，包括我妈。“大家笑什么？”我问，看着桌子前的家人。我大哥莫里斯在狂笑中说我出世的时候他十一岁，是家中的长子，所以爸妈准许他帮我取名字，于是他就用自己最爱的电视节目《帕崔治一家人》里的演员大卫 · 卡西迪的名字，给我取名大卫。当妈妈带着乡音念我的名字时，听起来就像大维德，等我大到说得出自己名字时，就照着妈妈的发音念了。大维德，这名字就这么保留下来，全家人都这样喊。将近四十年来，我纠正每一个称呼我大卫的人，给他们上一堂我讲过几百遍的发音入门课，这才发现我的名字根本毫不浪漫。我不能宣称自己和米开朗基罗的杰作同名，我的名字来自《帕崔治一家人》的大卫 · 卡西迪。

8 ·

第一个走进我教室的学生醉了。（想来好笑，不过就在几分钟前，我最担心的事，竟然是找用来写白板的奇异笔。）我刚演练完几句开场白，这孩子就歪歪斜斜地进来，扔下一句“你好吗”就蹒跚地走到一个前排的座位，扑通坐下。他有一头油腻的长发，身穿黑色的奥兹 · 奥斯朋①演唱会T恤，宽腿的牛仔裤，皮夹用一条链子挂在皮带环上晃呀晃的，腕上戴着有尖刺的金属手链。他经过我面前时，酒味熏得我差点晕倒。起初我一头雾水。那是第一节课，这么大清早的，很多人还没喝第一杯咖啡呢。连八点都不到，我眼前就出现了一个醉醺醺的十五岁孩子，而他哪里不好坐，竟然挑了紧邻着我的位子。我以为他会溜到教室后面。“不，蒙纳许，这不是你编出来的情节。”我对自己说。这孩子酩酊大醉，祝你梦幻工作第一天上班愉快。

我走向这男孩，对他做自我介绍。“嗨，我叫蒙纳许，你呢？”（我向来这么介绍自己，很多学生也这么叫我，直呼我的姓氏。）

“我叫亚伦 · 罗克里夫。”他两眼发直，咧着嘴笑着说，“很高兴认识你。”

“幸会幸会。你的酒味好重，你喝酒了吗？”

当我注视男孩的脸孔，我依稀看到在他这个年纪时的自己。在不太久以

---

① 英国重金属摇滚歌手。

前，我是个郁郁寡欢、目中无人、莽莽撞撞的青少年，爱冒风险，不守规矩，反抗父母及任何我找得到的权威人士。我十五岁时叛逆到家。我对在滑板圈中流行的硬核朋克很热衷，也那样打扮自己。我的牛仔裤永远是破的，剃了一颗光头，但在左眼上方留下一小片头发，后脑勺上也留一条细辫子。父亲对我的头发唠叨个没完，闹到老妈终于出面，问我要怎样才肯留正常的发型。“让我刺青！”我说。

那真是麻烦的年纪，我是一个拥有男人躯体的男孩，荷尔蒙飙涨到外太空。前一分钟还狂放不羁，下一分钟就阴郁低沉，觉得不被了解，又迫切需要别人的关注。还有什么比朋克族的发型和刺青（或是醉醺醺地到学校）更引人注目？我觉得，老妈允许我刺青的概率大概和骚扰我们学校人缘第一的女生丹尼尔·格林伯格一样吧。但你猜得到吗？妈妈叫我上车，带我去城中心的刺青店。途中，她不断问我难道没有其他想要的东西吗？“给你买个水族箱如何？”她问，她知道我很喜欢鱼。我想了想，觉得刺青会比一个大鱼缸里的几条鱼更能让我的朋友刮目相看。“不要，谢谢你的好意。”我说。

我们到了刺青店以后，我东晃晃、西晃晃，看着展示在墙壁上的刺青图样，这时我听到背后的呻吟声。我向后转，看到一个身材魁梧、壮硕的机车骑士在脖子上刺青。他的胸部布满鲜血和油彩，一脸快痛死的表情。我转向妈妈，瞪圆了眼睛说：“你刚才说我可以买个水族箱？”

之后几年，我爸妈继续为我提心吊胆，直到我高中毕业立刻收拾行囊，投靠哥哥雅各为止。雅各那一年二十五岁，在纽约过着波西米亚式的生活。不论是在象征性的寓意上或文化上，他的世界都和我们在佛罗里达州南部成长的单调岁月相差十万八千里。他和三个室友住在布鲁克林一家干洗店的楼上。我出生的住宅区全部按直线规划，有开阔的公路和精心修剪的草皮；雅各住的则是鸽子笼般的公寓，书本和唱片随处乱放，摩天大厦挡住了太阳。这里是培育艺术家的温床，每个人都玩乐团，在画布上作画，以阅读哲学书籍为乐，我好爱住在这里。雅各和朋友们在书店工作，靠微薄的薪水来付房租，但他们青春、热血且充满知性。我很喜欢住在那里的时光。

我在西村一家叫娜丁的餐厅找到服务生的工作，以支付我的开销。（小花边故事：美食评鉴为我们餐厅写评论时，作者这样形容我这个服务生：“我想要打包、放进屁股后口袋的‘可口小菜’。”我大哥莫里斯兴高采烈地告诉我这件事。没错，我是很可爱啦，但竟然说我是“可口小菜”？我想，如果这种形容我都受得了，天底下就没有难得倒我的事了。）

雅各对我充满期许，而且显然我归他管，但他很尊重我，我说什么也不愿令他失望。他是我最棒的老师，给我推荐了许多好书，从《在路上》到《笨蛋联盟》的不少书籍，后来都成了我心爱的作品，激发了我对写作与文学的热爱。我父母对我的付出绝对是一百分，却是哥哥引导我放下青少年的自毁行为，教我怎样拥抱教育与学习。

我希望自己在学生面前也可以发挥同样的锚定作用。

“亚伦，你有喝酒吗？”我第二遍问这个孩子。

“这个嘛，嗯，对。”他说。

“听我说，”我说，“如果连我这种书呆子英文老师都看得出你喝醉，你觉得自己唬得过警察或校长吗？我很惋惜你这样对待自己，但你以后来上我的课，可别再喝酒了。”我不曾在上学前喝醉。我们学校允许学生到校外吃午餐，有时我会和有车的朋友出去喝两杯，然后回家睡一觉解酒。但亚伦的情况是大清早就醉醺醺的，哪来那么早的派对？我万分关切。这是我教书的第一天，我不知所措，只能按照直觉行事，而直觉告诉我，把这孩子交给校长发落或是写报告举报他，只会加深他和我的隔阂，我要和他打好交情才能盯紧他，他需要一个会照顾他的人。

下班后，晚上我在家里拟订了一套计划，计划分为两部分。我知道亚伦渴盼得到关注，因此我要给他大量的正向关注，但只限于他表现良好的时候。孩子们很清楚你是不是一片赤诚，抑或是在溺爱他们。如果他在课堂讨论中引发辩论，或是报告写得特别好，我会夸奖他。如果我喜欢他穿的演唱会T恤，我会和他说衣服很酷。计划的第二部分，是确保我的课值得他心无旁骛地听讲。

如果我想在这份工作上有所成就，就得跳脱框架思考，设法让学生想要学习我的教学内容。我教学是否成功，不是看我有没有让孩子们学会每一课的内容，而是孩子们是否认识到我的努力，进而付出相同的努力。我对孩子们的期许很高，但我对自己的要求更高。俗话说得好，“标杆定得多高，学生的表现就有多好”。

从那天起，我就把标杆定得很高，对他们是如此，对自己也一样。

不知道那时候我在想什么，不知道我在发什么神经，才会决定要坐在老师旁边。我走进教室，是全班第一个到的，我很拽，一副“老子来上课了”的嘴脸。他走向我，冷静沉着，问我是不是喝了酒。我说：“啊，嗯，不知道耶，你指什么啊？”

当然，我喝了酒。在上课前，我才灌了两瓶三十二盎司[1]装的麦芽酒。我不想进磁铁学校，我想和朋友们一样念普通的公立学校，可是我妈说要是我肯试试，就给我奥兹音乐节的门票。我朋友说要载我到我的新学校，然后他们再去公立学校。可是他们中途决定逃课，买啤酒去海边玩。我说：“你们疯了吗？今天开学，我一定要去上课。”我的哥儿们有假造的身份证件，我们就在距离我学校大概半英里[2]的“7–11”买啤酒。他们帮我买了两瓶三十二盎司装的米基冰麦芽酒，我把两瓶都喝下肚，然后去上课。

我抬头看他，他没有生气的样子。他看起来……很困惑，我讶异极了，别的老师一定会说：“你是哪根筋不对？竟然有胆子喝醉酒来上课？”我一定会被送去校长室，被停课，说不定还会被开除学籍，他没有那样做。当他注视我，他流露出由衷关心我

① 英制重量计量单位，一盎司约为28.35克。

② 英制长度计量单位，一英里约为1.61千米。

的真挚表情，他没有对我端出“权威人士”的架子，他向我表露他的关切，他对我很尊重。

我再也没有醉醺醺地去上课，蒙纳许的课我从不缺席。我经常旷课，只有他的课例外。我知道他对我的期许很高，我不要让他失望，因为他那么卖命地帮助我成功。

——亚伦·罗克里夫

珊瑚礁高中／2000年毕业

9 ·

在教书的工作稳定下来后，宝拉和我决定购买我们的第一栋房子。我们付不起在迈阿密南部所租的公寓的房租，至少仅凭我们教书的薪水是绝对办不到的（当时我们的年薪都不到四万美元）。所以我们以螺旋状的路线向外找，最后找到的房子，是在迈阿密国际机场飞行路径下两条六线道之间的住宅街道。这间低矮的我们的首购房屋有一千三百平方英尺[①]，有两间卧室、一间没窗户的浴室，但宝拉和我爱上了这间房子。当然，中介只在白天带我们参观房子，我们住进去后才发现每次飞机起降，房子都会震动。附近的汽车旅馆按小时计费，做那些在夜间街头徘徊的站街女郎的生意。无所谓，反正我们年轻又相爱，而且有爱上自己的小窝的想法，所以我们尽力化腐朽为神奇。

周末时，我们拿大哥莫里斯给我们的家具、宝拉家人的照片、一位学生送我们自己画的现代艺术油画装潢新家。我母亲总是在家里种盆栽，所以我们也在家里摆满波士顿肾蕨和垂榕盆栽。当我站在屋子前的草皮上，俨然是迈阿密中部版本的班 · 卡莱特，就站在他那块八分之一英亩[②]的庞德罗莎牧场[③]上。我种了一棵树，向宝拉宣布："我要看着它长到天上！"这是我们的袖珍天堂。早上时，我们会在厨房桌子前坐着喝咖啡，为我们的好运微笑。我们拥有彼

---

① 长度计量单位，一英尺相当于30.48厘米。

② 面积计量单位，一英亩约等于4046.86平方米。

③ 美国西部电视剧《牧野风云》中一个大家族所经营的牧场。

此，而现在我们正式落地生根，拥有第一栋自己的小房产。

现在我们只缺几个小孩。

宝拉和我对生孩子的事举棋不定，她最后说服我，或许我们应该先从养狗起家，这是愉快的让步。我从小就想要养狗，因此在我们搬进新家不久后的周六下午，我们开车到本地的动物收容所，领养我们的第一个“孩子”，即一只混种的幼犬，体形没有一颗美式足球大，脚掌的尺寸却像只熊。我们将它命名为米洛。它六个月大时，体重有八十五磅，浑身是劲，精力充沛，长得很快。我父母第一次来看我们房子的那天，米洛兴奋得不得了，从客厅窗户的纱窗一跃而出，蹦过了前廊，扑向我妈（它的态度友好），从此，我妈就很怕它。

有了宝拉、米洛和一间有栅栏院子的房屋，我觉得自己实现了另一个梦想，我有了自己的家庭。据我所知，我们是完美的家庭。但每个完美家庭都想要的是什么？还会有什么？当然是另一个完美的家庭成员。当米洛的体形总算符合它脚掌的比例，长得比我还大之后，我们为它领养了一个妹妹——露西。露西一半是牛头犬，一半是英国拳师狗。它娇小却结实，可以和米洛抗衡，它们不久便结成莫逆之交，之后在养了三只街猫之后，我们就成了西南四街的妙家庭[①]，我把我们家叫作蒙纳许庄园。

① 美国情景喜剧，描述各自带着三名子女的单亲父母结为一家人的故事。

10 ·

一段时间之后，教室的墙壁贴上了我班学生的艺术作品：以雨果《巴黎圣母院》的吉卜赛主角艾丝梅拉达为名的色彩艳丽的抽象作品，依据《哈克贝利·费恩历险记》众角色制作的活动摆饰，后来，还有根据我大脑磁共振成像所绘制的油画。我办公桌旁边墙壁的软木布告栏上钉满学生的照片，数目高达几百张，书架上塞满了他们喜爱的书籍，以前班级的学生的灵思泉涌的报告我也不忍心丢掉，就都收在那里。有时候，211号教室比我家更像我家，教学是我的生命、我的食粮、我的呼吸。我在学校早到晚退，工作到深夜，试图想出会让孩子们乐于学习的新点子。他们在课堂上的反应（什么事可以激发他们的回应，什么与他们的生活有关）是我的功课。我观察他们、研究他们，最要紧的是聆听他们的话语，试图开发教书的新花样。

我在一个新班级中首先做的事情之一，就是请每个学生站起来，聊聊他们觉得最优秀和最差劲的老师，以及他们认为挑出这些老师的原因。单单是这项练习，就让我明白教学方式是激发学习兴趣的关键。这些对谈披露了许多真相，我从中发现学生希望老师具备的那些特质有时其实不能兼顾，有时不易达成。我的学生要的老师，是一个关心他们且考虑周到的人，但不能太客气，否则他们会觉得你好欺负。他们要一个在乎他们的人，但不是朋友。音量要够大，让他们不必拉长耳朵也听得见，不然他们会丧失兴趣。轻声细语等于乏味，乏味表示你是一个败涂地的老师。孩子们要老师尊重他们，但不必在各个方面都让他们觉得自己和你平起平坐。他们明白你站在讲台上，是因为你的经验和成就都比他们高，这很好，只是拜托，别因此用轻蔑的口吻和他们说话，这点极为重要。他们不要你高高在上，也不想被哄骗。不知有多少次，我在批改报告时看到学生在文中插了一句尖刻的话，像是“我敢说你不会注意到这句！”我每次都把句子圈起来，写下“我敢说你一定会看到这句！”事实上，我会用几个钟头的时间仔细地阅读每个学生交来的报告，整张纸上布满红笔写的评语，看上去像是个犯罪现场，只要他们肯花时间写东西，我就会花时间看，帮助他们写得更好。

我发现孩子们希望老师对他们要求很多、期许很高。期许，是效力强大的学习动机。到了第一学年的尾声，我已经抛开无趣的教科书，开出一张有二十五本书的阅读清单给学生挑书，我称之为“名家名著报告”，诸如《了不起的盖茨比》《动物农庄》《瓶中美人》等。我把每本书的大纲连同书单一并发给孩子们，叫他们选出一本他们感兴趣的书，想看的时候就看。要是他们看了以后不喜欢就换一本，但必须在期限内完成一份和那本书有关的报告。

在课堂上，我们探讨过的作品从《饥饿游戏》到我钟爱的小说《发条橙》都有。还有斯坦贝克、海明威、福克纳、狄金森、惠特曼、佛罗斯特等人的作品。我将饶舌歌手的歌词用在教学上，还有哈林文艺复兴[①]作家的诗，例如格温多林·布鲁克斯的作品：“我们超酷。我们／辍学。我们／深夜潜伏。我

① 二十世纪二十年代美国的文化运动，反对种族歧视，鼓舞黑人作家在作品中歌颂黑人精神。

们／直击出招……”

你得拿得出精彩绝伦的东西，才能让青少年暂时忘却生活的种种苦闷，无论是心碎的事、三角关系、男女朋友的困扰，噢，对了，还有痛彻心扉的分手！孩子们以自我为中心，若是和他们没有切身关系的事，就觉得反正事不关己，产生不了真正的兴趣。有一份作业是制作自传画报，学生必须挑出生命中的十件大事，以简单句描述每一件事，禁用形容词和副词（如：我学会骑单车），以影像、绘画、照片做图解，拼贴成一张画报。成果有的令人惊艳，有的令人捧腹。“我学会游泳”的配图是一个被鲨鱼追赶的人；“我学会开车”的图片来自杂志，是两个坐在撞烂的车子里的撞击测试假人，学生们喜欢得不得了。正当他们以为这项作业要结束时，我问：“你们听过‘一图胜千言’的话吗？”他们点头。我说：“很好，看看你们的拼贴画报，写出一千字的故事，至少要把一张纸的正反两面都写满。”

我经常推荐学生以凯鲁亚克的《在路上》为对象做期末报告，这本书的内容来自凯鲁亚克和一个朋友的旅途经历，以及他们的自我追寻。这本书不是人见人爱：我的学生玛西·冈萨雷斯是个聒噪且动不动大惊小怪的女生，她认定这书不合她的口味。有一天，她在放学后冲进我的教室，说：“这书莫名其妙！”我耸耸肩膀说：“那就换一本。”我建议她试试汤姆·罗宾斯的《啄木鸟的静物写生》，一则不落俗套的爱情故事，以一包骆驼牌香烟为背景（一言难尽），你要么爱上它，要么讨厌它。她应了声“好”，还翻了个白眼。

玛西第二天来上课时眼睛喷出愤怒的火焰。“你怎么搞的？”她叫道，“这本也莫名其妙！”她想摆脱这本书，门都没有。“继续看下去，想个办法乐在其中。”她听话了，到了做期末报告那一天，玛西提早到教室。轮她上台报告时，她站在同学面前，演出书中的场景，并模拟她阅读时吃了多少苦头。她的演出和她的点子同等杰出。她不过是得到一点激励，便将她认为乏味的作业化为杰作。那天我离开学校时，脚步雀跃。

课堂时间常常出现激烈的讨论，我努力用作业启发他们的创意，即使他们打破传统也无妨。这种教学方式的用意是培养学生的同理心，进而尊重作者及他们看到的角色，我的终极目标是让他们尊重生活里的其他人。为了上史蒂芬妮·艾瑞森的《我们撒谎的类别》，一上课我就请孩子们在日记里写下他们撒谎或被骗的经验，这堂课令所有人大开眼界，包括我自己。一位学生写下她童年时对圣诞老人深信不疑，但是有一年她在圣诞夜发现父亲在包装礼物，察觉原来父母一直在骗她。我们在课堂上讨论她的文章，她说在那以后，她都无法完全信赖父亲。据她说，发现圣诞老人不存在其实没什么大不了的，但察觉父母背叛了她令她很受伤。“如果连自己的爸妈都不能信，还有谁能信？”她问。

这个课堂习作令我们扩大讨论范围，谈起谎言的等级，以及即使是看似根本无伤大雅的谎言，照样会引发涟漪效应。艾瑞森的文章写得好：“我们会说谎，每个人都会。我们或是夸大其词，或是轻描淡写，回避冲突，不伤别人的感情，方便行事地选择遗忘，保守秘密，欺骗别人还自认理直气壮。一如大部分人，我沉溺在小小的虚假之中，还自诩为一个老实人。我确实会撒谎，但我的谎言又没有伤害任何人。可是，真的是这样吗？”我觉得这问题很棒，便抛给学生。我请他们将自己的谎言分类为善意的谎言和大言不惭的谎言，善意的谎言激发了耐人寻味的论战。人人都知道撒下弥天大谎是错的，但是立意良善的谎言呢？（“是啊，弗吉尼娅，真的有圣诞老人！”）一开始，大部分孩子出言捍卫，却发现可爱的小谎言对他们的同学造成了莫大的影响，而且这位同学还坦承，因为她信不过别人，有时会和朋友及男友闹僵。

我给孩子们举一个无害小谎言的例子，在我长大成人的那个年代，我们把它叫作无伤大雅的谎言。例如，“女朋友问你她的打扮好不好看，你对她说很漂亮，但你在骗人，这说得过去吗？”学生的反应几乎千篇一律：“不然还能怎么办？何必让她难过呢？”这时，我就提出大文学家对这个议题的说法。其中一次，我搬出萧伯纳的话：“骗徒的惩罚绝非不为人所信，而是他无法相信任何人。”接着，引用史坦贝克在《伊甸园东》中的话：“说谎的人大半会被拆穿，因为他们忘了自己说过的话，或是谎言突然遇上了无可争议的真相。”罗德学者[①]兼词典编纂者卑尔根·埃文斯（Bergen Evans）有一句话颇能启发孩子们深思：“不说假话哄女人的男人，极不体恤女性的感受。”（言下之意，当然是他害怕女人没有面对真相的能力。）激烈的探讨最终会让学生归纳出：谎言几乎都是恐惧的产物，进一步说，我们说谎的行径，等于承认了我们实际上很恐惧。这对孩子们来说，是一大领悟。

后来，我发现一个激发深刻讨论的妙招，我命名为“螺旋系统”。做法开门见山，我在白板上画出一个简单的螺旋，指着中央，我说：“我们从起点说

① 罗德奖学金是极难申请成功的世界级奖学金，得奖人便被称为罗德学者。

起，如何？我们都从出生展开人生。原本，你完全以自我为中心，饿了、困了、尿布脏了你就哭，因为你要别人解决你的不适。你不在乎自己害得老爸老妈晚上不能睡觉，你只想得到满足。”

我将奇异笔沿着螺旋往外移一点点。“假设你现在三四岁，你妈妈给你一支棒棒糖，你好爱它。事实上，这支棒棒糖就是你的全部世界，可是棒棒糖掉到地上，脏了，就被你妈妈丢掉了。你哭得死去活来，因为你认为自己失去了唯一在乎的东西，你失去了一切。这时，你刚开始关心自己之外的事物，但你只关注和自己有切身关系的事物。”

我的奇异笔往外围移动。“现在你八岁，”我继续说，“你看到妈妈在哭，你动了去帮她的念头，但你走到一旁继续做自己的事。你还不是那么在乎，但那颗种子已经种下了。再过上几年，你终于开始对别人感同身受，懂得对别人流露真情。十岁的时候，你又看到妈妈哭，这时你过去抱抱她。时光匆匆，我们慢慢退出自己的框架外，关切的事物越来越与自己无关。”

最后，我到了螺旋的尾端。“很多人都不会走到这一步，”我解释着，“但这是目标，你们要走到这里。走到这里，表示你现在重视过去、未来以及对你没有直接影响的事物，例如，非洲的饥饿儿童、中东的战火、第三世界的穷困。这时，你会对别人有同理心，你心怀慈悲，言行举止都怀抱真诚的敬意，因为在这里的时候，你对别人的关心超过对自己。”

不可思议的是，螺旋图像病毒在学校里散播。孩子们在笔记本上画螺旋，甚至用笔画在皮肤上。艺术学生画在画本上，学音乐的学生就画在乐谱上。螺旋图在校园里随处可见，出现在标语、公布栏、置物柜上，对我的学生与根本没上过我课的孩子们来说，这提醒他们思考个人需求与欲望之外的事物。

看到螺旋图的效果这么大，我开始寻求结合人生议题与文学的其他方式。

就这样，我有了“优先清单”的点子。

趁还来得及，去跟最爱的人说你爱TA

那个学年，他启发我了解这个世界，并形成新观点，认识人类如何看待自己在世界上的角色。我学会了怎样看出白纸黑字的弦外之音，从作者选择的词句中聆听作者的声音。语言的魅力在我眼前显现，我学会了驾驭文字，遣词造句。

他告诉我们真实世界的样貌。透过他，我明白了我们要追求充实的人生，还有分享知识。如果我们对世界有透彻的了解，我们未必有责任在今天改造世界，但我们要协助下一代，给他们改变世界的工具，启迪他们创造一个更好的世界。

——阿尔伯托·赫雷拉

珊瑚礁高中／2009年毕业

他给我们的第一份作业，我记忆鲜明。我们要打一份报告（当然要用双行间距），确切说明我们这一生想做的事，我们对未来的希望与梦想，以及我们会如何实现梦想。交出作业后，他便和我们一个一个地讨论。他拿着我的报告说：“薇琪，这不是你的真心话。你瞎扯了一大堆，我不买你的账。你真正想说的是什么？”他的问题沉甸甸地压着我，我哑口无言。一个十七岁的人连自己想读哪一所大学都搞不清楚，哪里知道自己究竟想要什么？但是我变了。在那之后，我终于不再为了追求好成绩或取悦老师而用功，开始认真思考自己为了什么而受教育，更要紧的是我想要怎样的人生。从来没有哪一位老师送给我这么丰厚的礼物，但蒙纳许就是这种人。他不会逼迫你接受任何事情，不限制你的思考，不会只为了给你一个分数就允许你用不着边际的空话回答他的提问。无论是文学还是生活，他都不断要求你穷究真理，他设法让你跳脱框架思考。

——薇琪·康帕多尼可

珊瑚礁高中／2009年毕业

11

有一晚，我和宝拉吃完晚饭后，她回房间里打电话给她妈妈，我待在客厅看莎士比亚的《奥赛罗》。多年来，我经常翻阅这部剧作，看得书页都磨损、泛黄，我的学生却难以融入故事，所以我重新阅读，希望想出一个能激发学生共鸣的方法。

几个钟头后，宝拉仍在打电话，而我总算灵光一闪。“我好像有点子了！”我对自己说。不如就列出一张能套用在每个人生活上的字词清单（例如：荣誉、爱、财富、力量、事业、尊重），请学生评估每一位角色按照怎样的优先级来生活。譬如，基督徒、摩尔人兼英勇将军的奥赛罗，排行第一名的大事可能会是荣誉。奥赛罗的旗官伊阿古，因为自己没有受到拔擢而报复奥赛罗，他就可能将事业列为第一要务。至死都对奥赛罗忠心的苔丝狄蒙娜，则最重视爱。我希望依据轻重缓急排列这些字词的过程，能让学生辨识各个角色的差异，认出自己与角色的共通点，明白人心复杂，举世皆然，很少有哪个人是完全好或完全坏（但伊阿古已经无可救药）。

第二天早上的第一堂课，我在白板上写了各角色的名字，在旁边列出一份字词清单，请学生在笔记本上抄下清单，为每个剧中人排出他们的大事排行。孩子们沉迷其中，下课铃响后，大部分人多待了几分钟，热切地讨论他们的清单。那天，我让每一班的学生都做了这个课堂活动，盛况在每一个班级上演。学生们都对各个角色了解得更加深刻，并建立与角色的联结，同时认识了自己。一个学生可能说“我像伊阿古”，另一个会说“我比较接近奥赛罗”或“我和苔丝狄蒙娜一样忠诚”。

由于这个课堂活动成效斐然，我在第二年扩充清单，纳入较细腻幽微、不容易判断的字词，诸如独立、灵性和风格。我请学生不只为角色排序，也拟出自己的优先清单。之后，我会请他们到白板前，在每个词旁边写下自己的排序给全班同学看，这很需要勇气（他们是将自己的真心摊开给同学看，并且信任同学不会评判他们）。这项简单的活动让学生窥见自己的内心，有助于他们彼此认同，培养同理心。原本这是一项文学课堂活动，但它演变成一堂生命课程，孩子们非常喜欢。

我也从他们的清单中发掘了很多事。他们的字词排序，往往透露出更深层的故事。例如，如果艾米将事业排在教育之前，她大概是将大学当成跳板；但将教育排第一的马尔康，十之八九还没决定要进哪一行。“爱”这个词的排名所透露的信息总是特别多，如果妮可将“爱”这个词放在家庭之后，很可能代表了她有朝一日会建立自己的家庭，获得梦想中的老公和小孩；如果米格尔将安全感排在家庭后面，他八成想到了父母和手足。简言之，他们的清单真切地反映了当下生活中的重要事项，至少，反映出他们在和同学剖析每个词、探讨字词的确切含意之前，他们认为重要的事。

这项活动带来的故事中，最动人的一则是关于一位名叫莱恩的学生的故事，他非常羞怯，很容易在同学面前畏缩。莱恩有一副美妙的歌喉，他参加了合唱团，他只有唱歌时才会流露情感。当我在课堂上要他们列出优先清单时，他面红耳赤，瞧他在桌子前如坐针毡地琢磨着正确答案的样子，我就知道他被远远推出了舒适圈。当我在教室里走动，看孩子们的清单写得如何时，我低头看了莱恩的清单，发现他将隐私排第一，接着是家庭，然后是性爱。

几周后，莱恩在午休时间来找我，坐在我桌边铺着红色软垫的扶手椅上。他在位子上烦躁不安，抠指甲，盯着自己的大腿，但他终于抒发了埋在心里的郁闷。“我是同性恋，”他说，“我没和人说过，你是第一个。”我拍拍莱恩的肩膀说：“没关系，我以你为荣，说出口需要很大的勇气。”我看得出他紧绷的身体随之放松。整个学期，我们都在持续对谈，我不断鼓励莱恩要对家人和朋友多一点信心，吐露真相。他最后照办了，虽然耗了一阵子，但他的父母最终接受了事实。

学生经常找我谈心事，我郑重地对待他们的信任，但我也知道自己的局限。如果我怀疑哪个学生陷入险境，或是需要专业人士介入，我一定会通知适当的人选，让学生得到必要的协助。但多半时候，孩子们只需要知道有人关心他们、愿意坐着听他们说话。优先清单是一项可贵的工具，经常帮助他们（和我）厘清生活的实际情况。

清单本身并没有什么魔法，但文词的排列顺序具有一股莫名的古怪力量，足可揭开保密到家的秘密，挖出藏在潜意识中的深层真相，甚至是孩子们自己都没意识到的真相。有时，我会察觉一些端倪，从排序中看到线索，便和他们说出我揣测他们遇到的情况。“你怎么知道的？”他们会眨着眼睛问。“你怎么知道我和父母不和？”或“谁告诉你我在谈恋爱？”他们的清单披露了他们的生活、他们所重视的事物，远比他们说过的话透露出更多信息。优先清单协助他们看见自己今日生活的真实样貌，构思明日可能的样貌。不久，这份清单也会为我带来同样的功效。

趁还来得及，去跟最爱的人说你爱TA

蒙纳许对我们说，我们正值人生的重要阶段，我们的生活及我们做的决定，将会影响我们的未来。他让我们认识到自己肩负的责任，但他帮助我们扛起担子——写报告，问我们问题，写优先清单。他尽全力让我们开口，言之有物，让我们学会怎样做个大人，懂得彼此聆听，并且随着每一课倾听不断蜕变的自己。

高中时，太多大人咄咄逼人地要我们决定自己该重视些什么，告诉我们该重视什么、不该重视什么：朋友、成绩、金钱、人缘——照着他们自己的想法与信念开出冗长的清单。很少有哪个大人请我们从零开始，建立自己的清单，探寻自己的内心，自己决定优先级。

优先清单逼迫我们检视自我，质问自己真正在乎的是什么，但不至于吓到我们，也不会造成压力。这是让我们厘清自己的办法，我们据此判断日后要做怎样的大人。

——梅丽莎·雷

珊瑚礁高中／2012年毕业

我在你给我的教室外出证背面写下的优先清单，我将它一直留到现在。那是我给你看过的第一份清单，我把它收在一本画簿里，和我最宝贝的纸条和照片一起珍藏。我甚至在大学英文课以你的优先清单为题写了一份报告，讨论这张单子给我的帮助。

——霍莉·珍·亨德森

珊瑚礁高中／2010年毕业

12 ·

“我死了吗？”我问。

一个戴着口罩的人在明亮的光线中探头到我上方。

“你觉得呢？”

在2006年的冬季，外科医师阿里亚斯刚移除我部分的肿瘤，以减轻大脑承受的压力。他说“轻度弥漫型神经胶质瘤”已在我头部生长多年，糟糕的是它不会消失，不会缩水，大小接近一颗高尔夫球。好消息是，医生没有让我送命，也没有影响到我的动作技能，我个人认为是巨大的好消息。我仍然可以走路和说话——更令人振奋的是，如果脑瘤继续以龟速生长，我就还可以过上好几年相对而言正常的日子。如果你罹患要命的脑癌，这已经是最佳状况了。

我等不及他们将我送回病房去见宝拉和雅各，他们（我永远忠诚的家人）在那里等着准备庆贺我的好消息。还有另一个东西在等我，只不过我过了一分钟，才从麻醉造成的迷茫中认出那是什么——我的床脚系了一颗超大的闪亮氦气球。我不太懂西班牙文，但我看得懂气球上的句子，写着“Es una nina！”（是个女孩呢！）这是我大哥莫里斯送的礼物，医院的礼品店只剩这一颗气球。“也许这颗肿瘤是女生。”雅各的调侃逗笑了每一个人，为我们在几周的煎熬后带来迫切需要的轻松感。

三四天后，我说服医生让我提前出院，我说，反正在医院又没事干，不过是换换伤口的绷带，这我在家里就能搞定。因此，护士在我的头上缠好绷带，包得像头巾似的，用轮椅把我推到出口，送我上路。

隔周的星期一，我返回了工作岗位，而孩子们刚放完寒假回来。我觉得恶心欲吐、头晕眼花，但我的大脑曾经被入侵的唯一醒目痕迹，就是右耳上方剃掉了一片头发，露出以黑线缝合的马蹄形疤痕。如果我说那是我今生最快乐的日子之一，会不会很怪？我可是待在自己想待的地方，与我想共度时光的人在一块儿耶。这天出了太阳，学生喧闹着来看我，而我回到了教室。我能忍受我的病。能活多久？医生含糊其词，但基本上他们不确定。主要是看肿瘤安不安分，会不会兴风作浪。好，我觉得不知道自己的死期无所谓。每个人不都是这样吗？

那年直到年底以及随后一年，我日子照过，单纯地活着，我没有哪一天没到学校教书。我接受了全美荣誉学会的顾问工作，此外担任学校滑轮曲棍球队的教练。我和宝拉去车库拍卖会，享受和卖家杀价的乐趣并选购便宜的庸俗小饰品。我们照样去观赏曲棍球比赛，照样去海边，到我们当地的丘吉尔酒吧观赏乐团表演。

2009年，有一天我头痛了起来，当时我人在学校，准备那个学年的第一次开放参观日，家长们可以和老师见面，探讨孩子们的课表。依照规定，老师必须出席，什么都不足以构成缺席的借口，讨厌的头痛绝对不是理由。

但我头疼了一整天，痛楚似乎节节升高，等到参观日活动开始时，我连东西都看不清楚。我对自己说，那是因为我在学校待了十二个小时，而且没有吃晚餐（没空回家吃饭再回学校），但这不是压力或饥饿造成的普通头痛。唯一贴切的形容词是“撕心裂肺”，但我得留在学校。当我听到走廊上渐渐接近的脚步声，开始有家长来我的教室了，我对自己说："振作啊，蒙纳许。"

教室坐满家长之后，我发表例行的"欢迎词"："欢迎参加我最可怕的噩梦，我早上还没到七点就来了，现在还得让学生的家长留下好印象！"一如往常，打破冷场的台词见效了，每个人都咯咯笑。再撑十分钟，你就能回家了，我对自己说，进入自动导航模式。

无止境的十分钟，无止境的家长提问——成绩、加分作业、大学。我苦撑到底，挨到最后一位家长走出教室，然后腿一软，人就瘫倒了。不是"哎呀，好累"的那种瘫倒，是身不由己地倒下，我的意思是指我真的腿软跪倒了。

几分钟后，丹尼丝到我的教室查看我的情况，发现我倒在桌子上。这时，我已渐渐苏醒，但觉得像有人拿着大锤子在敲打我的脑袋："砰！砰！砰！"

丹尼丝打电话给宝拉，我在丹斯基医生的办公室和她会合。丹斯基医生露出担忧的表情，连忙采取行动，查看我的状况，立即叫来救护车，将我送到一英里外的浸信会医院。丹斯基医生尾随而至。刚到不久，他就拿到我新的磁共振成像结果，他说我情况不妙，非常不妙，不妙到我面临迫切的危险。如果不马上做脑部手术，我就会死。

一位护士搀扶我上轮床，另一位则在一张纸上写了我的名字和社会安全号码，贴在我的胸口上。宝拉在我身边，一位医护人员急忙推着我经过了登记柜台，到一部电梯前，按下到二楼的按钮。我在电梯门关上时向宝拉低语："打给雅各。"丹斯基医生已在手术室等待，麻醉医生帮我扎针，我的意识开始漂流，这时我想着不知道还能不能见到我太太或哥哥的脸。

这场手术耗时几个钟头，结束时，雅各已在医院。他抛下在加州的纪录片采访工作，搭第一班飞机到迈阿密。医生说我磁共振成像的肿瘤影像令人担心，肿瘤已经大如棒球。我沉寂的肿瘤突然转为活跃，狠狠挤压我的脑中线，侵害我的性命。要不是他火速送我上手术台，切除肿瘤，将压力减到最低，不出几个小时我就会没命。他说，我的学生家长们真的很走运，没有目睹我在开放参观日自我介绍时暴毙。

不过就是六个月前，我在新的脸书专页上贴文："大卫·蒙纳许刚从杜克大学医院完成六个月的追踪检查回来，病情很稳定，赞。"

确实如此。

现在，我贴了手术后的照片，更新内容："病理报告出炉，我的多形性胶质母细胞瘤（最糟的肿瘤类型）是第四期（末期），也就是最猛烈的等级。我得立刻做放疗和化疗，疗程为六星期，天天要做。好，和大家说一下，接受这种疗法的中位存活期是十二到十五个月。"

贴文后没几分钟，几十个人写下温情的留言为我加油打气，但引起我注意的是一则学生的斥责。希瑟·玛莉·威尔森是个有胆识的孩子，前一年从珊瑚礁高中毕业，她看到我的留言，察觉其中隐含的自怜。"整个星期大家都对我说：'希瑟，上脸书看蒙纳许老师的墙面。快，很可怜噢。'"她写道，"现在，我总算找到时间看了（现在这里是凌晨两点半），我真的很气。气你，气他们，气整个情况。这些人摆明了不知道自己是在和谁打交道，坦白说，我觉得你也忘了自己是谁。我记得你第一次出院，对当时一年级的我们说明你的病情，你让我们哭了。我们很担心你，手忙脚乱地设法为你分忧，减轻你的痛苦，无论如何不愿意失去你，我记得自己在位子上哭！而你望进我的眼底，叫我别担心，说你哪里都不会去！看到你现在这个样子，看到大家为此哀伤，真的让我很心痛。亲爱的，你还在这个世界上！你还会在人间待上好一阵子。你是超猛的斗士，岂能现在就放弃？总之，我还要为一堂八点钟的课做准备，我等着在明天看到你乐观的近况更新。”

一个涉世未深的大孩子竟说出这种话，我看这段话的时候不禁笑了。

趁还来得及，去跟最爱的人说你爱TA

我第一次踏进他的教室时，他还没到，我有点紧张，因为我听说他得了癌症。那时，他患癌已经几年了，每个人都知情。当他大摇大摆走进来，我看到他头部侧面巨大的丑陋疤痕，看起来很可怕。他一屁股坐在凳子上，满脸挂着灿烂的笑容看着全班同学，说：“早安，各位同学！我的名字是大卫·蒙纳许，对，我有脑癌。”他就这么说出来了。接着，他对我们说，我们一定会爱死他的课，还有他对我们的期许很高。

——**詹妮佛·布鲁尔**

珊瑚礁高中／2009年毕业

13 ·

我学东西不见得都很快，但我很快就学会了当别人说你的寿命剩下多长（或者说多短）时，你的人生大事立刻就翻盘了。我的第一要务变成了保住性命。随后两年半，我找医生看诊无数次，凡是他们建议我尝试的镇压癌症的办法，我一律照办。煎熬的化疗和放疗成为我课余的例行公事，伤害了我的婚姻。治疗导致我长期感到恶心欲吐和疲倦，更别提人变得浮肿，右侧的脑袋也秃了。一整块早年的记忆消失无踪。最简单的事（例如我左膝疤痕的来历）变成谜团，迪斯尼乐园的几次合家欢游记以及我的宝贝蓝色Schwinn牌单车只存在于照片中。客气一点说，这令人丧气。我十五岁之前的人生几乎一笔勾销，但是多亏了亲朋好友，以故事和影像的形式填补我的空白。癌症越是攻占我的大脑，宝拉就必须承担越多责任，才能维持我们的生活，我们的角色慢慢对调，她新近的独立与我的依赖造成我们之间的摩擦。

我的痉挛也变本加厉，而医生给我的抗痉挛药物有一项糟糕的影响。我是情感强烈的人，但是服了药，就会失去强烈的情绪，我感觉不到真正的喜怒哀乐，变得麻木不仁。我情绪的棱棱角角好像都被削掉。比如，有一晚，我和宝拉观赏电视播出的喜剧，一部名叫《教师》的逗趣电影，由尼克 · 诺特和拉尔夫 · 马奇奥领衔主演。有一幕，是一个老师坐在桌子上一叠整齐的讲义后面，似乎全然沉浸在摊开的报纸中。铃声响起时，学生陆续进入教室，领取讲义，坐到各自的座位上。老师不曾抬头，课堂时间结束后，学生又鱼贯而出，将讲义放回原位，一直没有察觉老师断气了。我们看的时候，宝拉笑翻了，我知道有些台词很好笑，我却反应平平，笑不出来。

我喜欢享受乐趣、开玩笑、感受情感，于是我停止服药，忍受痉挛，而且还真的控制得很好，在发作前就会察觉先兆。因此，如果我在开车，还来得及停靠到路边，在学校时，也能先从教室告退。通常，我只和孩子们说我有事要找另一位老师，到走廊站上几分钟，直到症状消失。

我觉得所有的治疗中，最恐怖的是磁共振成像，我大脑拍过的照片，比女神卡卡还多。医嘱是每两个月拍一次，以定期监看肿瘤的活动状况。我会去门诊抽血，躺在一个平台上，平台会滑进一个窄管中，管顶在我鼻子上方三英寸左右，如果这不会激发你对狭小空间的恐惧，就没别的可怕的了。我必须不动如山地躺在那个圆筒里两小时又九分钟（我一直很纳闷，为什么要那九分钟），让机器轰隆隆地运作。我听不到自己的思绪，不能清喉咙，不能搔痒，因为就连那样细微的动作，都代表必须重新来过。

我怕死了磁共振成像。头一次做的时候，大约在躺到一半时，我被注射了一种放射性针剂，我当场呕吐。呕吐物灼烧着我的喉咙，涌到我的鼻子里，流过我的耳朵和眼睛，我还得纹丝不动地躺在那里。癌症很讨厌，但躺在一根管子里不能动，任凭呕吐物从脸上往下流也很讨厌。

我的生活甚至一度绕着这些检验打转，检验会揭露我大脑中正在发生的细微变化。我顶多只能指望肿瘤保持原状，任何变化都不妙，因此我随后两个月都心惊胆战，想着一旦结果出炉，会不会又得做上两个检验来搞清楚状况。每次护士打电话通知“肿瘤的状况很稳定”，我都会开心地跳个小舞。

我知道医生认为治疗保住了我的性命，但我很清楚真相，撑着我走过每一天的是我的工作。学生是我的生命泉源、我的呼吸，是我血管中流动的血液。在学校，我不觉得自己病了，我在教书。击退癌症的唯一办法，是拒绝癌症阻挠我从事自己热爱的事业。

我始终把整颗心放在教师的工作上，珍惜仍可与学生共度的每一刻。我庆贺他们的成就，在我知道他们承受得起的前提下，以两倍的力气推他们前进。我们的时间很宝贵，不容虚度。我下定决心，我们的师生情谊日后也要建立在学习、深切感激及互相尊重之上，而非我的癌症。课堂是发掘新事物的空间，我们互相教导对方文字与个人表达的重要性，但课堂也是我们实践人道精神、培养健康人际关系的地方。我深切感受到自己必须趁着还有能力时去影响周围的人，建构新的记忆，以填补旧记忆丧失后留下的空白。

学生们根本不知道，他们与我分享这些珍贵的时刻，协助我让这些回忆充满意义，让我得到活下去的意志。

起初，我经常忘记他是病人，当然，后来就忘不了了。我四年级那一年，一天我特地绕了一点路到他的教室找他。他六堂课都满堂，我知道这种工作量一定会让他很累。我走进他的教室时，有几个学生在他身边，每个人都在等着轮到自己向他提出关于重写某篇报告的问题。他看到我似乎很高兴，兴奋地挥手招我上前。他看到我时总是很开心，即使他自己过得不如意，即使他其实无暇顾及我，也会一副有空的样子，听我说话。有时候，我去他的教室，只是为了看看能不能帮他做事，那天正是这样的日子。

“有没有我能做的事？”我问。

他把我带到离其他学生几英尺远的地方。因为我太了解他，这时我已经知道情况不对劲。“你帮我应付他们一下。”他说。

我有点摸不着头绪。“我要干吗？”我问。

“回答他们的问题，”他说，“看看他们有什么事。”

“噢！这样啊。没问题。”小事一桩嘛，我挖苦地想着。

他必然察觉了我的疑惑，因为他连忙说“我痉挛要发作了”，便匆匆走出门外。

我照着他的吩咐，过去照应他的每个学生，看自己能不能回答他们的问题。一分钟左右后，他回来了。那是我第一次认识到他的实际情况：一个重病的人。他嘴巴右侧微开，他用袖子擦掉唾沫。他对我微笑，重新坐镇教室。我放学后又过去，只为了趁他离开时见他一面。我问起稍早时发生的事，他不愿意谈，只说："没什么大不了的。"然后聊起只剩几星期就要举行的考试。当然，他不会让自己的病情阻碍学生的成长。

——梅丽莎·雷

珊瑚礁高中／2011年毕业

14 ·

有一天晚上，刚结束一轮的化疗，我一个人坐在家里的沙发上，将电视频道换了一台又一台，希望有人和我说说话。宝拉又在和母亲通电话，我知道她会聊上一段时间。我不知道哪来的冲动，也不知道为何是那一刻，当我拿起一张有格线的纸和一支我心爱的圆珠笔时，开始写下重要事项，我的优先清单。那是我第一次花时间列出榜单，我很兴奋地等着看结果，但是写完后，我看了一遍，心却往下沉。我记下的第一要务是友谊，之后则是教育、独立、尊重，我没有把婚姻或爱列为最优先的项目。我难以置信地瞪着单子，被自己的直白搞糊涂了。卧室里传来宝拉的笑声，我开始想着，她的清单会是什么样子，我知道家人会是第一位，她的母亲和姐妹是她生命中最重要的人。我敢说，她接着会列出的项目依序是事业、教育、宠物（我们的狗米洛和露西，还有猫咪佐依、诺拉、贝蒂，是儿女的替代品），而我会排在清单的第几位呢？

过去两三年里，我看到我们的情感出现裂痕。癌症非但没有让我们更亲密，反倒成了夹在我们之间的第三者。又或许，我们早已渐行渐远，而疾病是不容许我们继续假装没注意到夫妻感情疏远的一面镜子。我一个人坐在沙发上时，我感受到我一辈子不曾感到的孤单，纳闷着我们的优先要务几时起了变化。我们几时不再一起批改作业、看曲棍球赛，或是欣赏本地的艺术展览，或是在附近街头漫步，去车库拍卖会瞧瞧？从几时开始，宝拉每天吃完晚饭，都要讲一个晚上的电话？我从几时开始长时间待在学校，自告奋勇担任课外活动的顾问，以致许多周末都不在家？我上次对她说我很感激有她的存在，是什么时候？我们前一回热吻又在什么时候？

15・

“游手好闲，易惹是非”是古今的父母常挂在嘴上的话，但我妈却不曾用过这句话，我从小就难得安静。我不是在路上踢足球或骑单车，以扫帚柄充当长矛和人比武，就是在溜滑板。我时常溜着滑板，用刮痕累累的滑板倾轧人行道，直到妈妈不耐烦地叫我回家吃晚饭。十五年后，我玩的游戏变了，但精力依然不减，不妨说这是工作伦理，要说这叫工作狂也行，无论如何，我都视之为恭维。

话虽如此，2011学年到2012学年很辛苦，即使以我的标准来看也是。我一天在学校待十二小时——连续教课，指导学生，出席教职员工会议，当教练，陪伴学生。然后回家批改作业、备课，瘫倒在床上。此外，还有治疗，一星期两次的放射性注射，会把我变成恶心欲吐、无精打采的一团糨糊。

尽管如此，我逐渐适应了新的生活形式。我应付自己的症状，态度平淡得像一般人应付流鼻涕。我会跑进洗手间，对着马桶呕吐，然后冲水、刷牙，不出三分钟便飞奔回教室。疾病与治疗的影响很讨厌，这不在话下，但我的身体没问题。我甚至还赢得本区 “年度最佳教师”的称号，打败了全佛罗里达州南部角逐同一头衔的几千位老师，我觉得自己可以永久维持这种生活。

七月十日改写了这一切。

宝拉那时回佛蒙特探望生病的母亲。那天晚上，我和朋友阿德里安娜在迈阿密107大道的新浪潮台球厅碰面，我到的时候，阿德里安娜已经来了。我们租了一组球，在吧台买了两瓶啤酒，去占球桌。第一局时，她苦苦追赶我，但我大获全胜。第二局比较拼，阿德里安娜不喜欢输，但我仍照赢不误。“再来一局如何？”我怂恿她，阿德里安娜试探地点点头，说：“我大概是喜欢自讨苦吃。”

点唱机播放着鲍勃·迪伦的歌曲《布朗斯维尔女孩》（“布朗斯维尔女孩有布朗斯维尔鬈发／齿如珍珠，闪亮如同天上的月亮”），我准备应战，决心来个三连胜。我拿起球杆，模仿保罗·纽曼在《江湖浪子》中的演出，在球杆顶端涂抹滑石粉以制造戏剧效果。我审视球桌，发现易如反掌的一球，只要轻推一下便能落袋，但我在架设球杆时，白点突然在绿绒布上舞动，我的手臂不禁向前一抖。我看着误击的球丢脸地滚过球桌，漫无目的地从侧边弹开。我暗忖那光点是上方灯光的反射，没有多想。阿德里安娜忍不住笑出来，我们继续比赛。可是当我为下一杆摆姿势时，我头晕晕的，失去平衡，就像下了云霄飞车后步伐不稳一样。

我站在原地等身体恢复平衡，球杆从我左手滑落。我弯腰要捡，却在地板上看到相同的舞动光点，这下子，我才紧张起来：“我觉得怪怪的。”我看着阿德里安娜，伸出左手要拾起球杆，却拿不起来。阿德里安娜满眼关切地问：“怎么了？”我头晕目眩。“我不舒服，我要回家了。”说完后，我走向门口，阿德里安娜紧跟着我，并且说：“我会开车跟在你后面。”

我坐在方向盘前，驶下第八街，和我每天开车载宝拉去学校的路线相同。我家就在四英里外。即将到家的时候，我看了侧照镜，从内线道驶到左侧车道，以便转弯，然后，“嘭！”我直直撞上旁边一辆打了空挡的拖车，我没看到它。我竟然连拖车都没看到？我纳闷着。阿德里安娜停靠到路边，拖车驾驶员则和我检视我们的车。他的车没事，但我的车身左侧被撞得稀巴烂，我羞愧地说：“真对不起，全是我不好。”他摆摆手，说一声“老兄，没关系”，就爬回自己车上。

阿德里安娜继续开车尾随我，我驶过两条街，回到家里，打电话到岳母家找宝拉，我惊魂未定地说明事情经过。“我看了路，但是没有看到车灯，什么都没看到，根本不可能没看到那辆拖车，我却一头撞上去。”

宝拉建议我向眼科医生挂号，我乖乖听话，却很气她没有说会立刻回来。第二天，我大概在中午出门，我从我停在车道上的车旁走过去，在明亮的阳光下，我的车更加惨不忍睹。我跛着走向位于路边购物商场的眼科，但色彩柔和的屋舍到哪去了？停车棚呢？邻居们呢？我直视前方，什么都看不到。我醒悟到自己的世界，遽然缩减到我正前方一条细细的人行道。在人行道的范围外，我什么都看不到。

我向眼科医生简述我的医疗史，说明我发生的意外。他做了所谓的视野检测，就是戴上一组眼罩，面向一个碗状的仪器，每次看到闪光就按一下按钮，检验结果采用计算机打印的形式。“这是你的视线。”他面色凝重地说。他指着一个圆饼图，圆饼左侧是空白的。他说：“这表示那一边的闪光你都没看到。”另一侧比较活跃，从十二点钟方向到两点钟方向之间有一块深银色区块，我丧失了百分之八十的视觉。

我丧气地回到家，左臂像一根湿面条垂在身边，左脚拖在后面，癌症追上我了，正视病情的时候到了。经过几星期的各种检验，医生们判定我在台球厅时痉挛发作，所以才会看到光点。痉挛造成大脑肿大，肿胀立即摧枯拉朽，重创我的神经。就在我击出七杆的时间内，我丧失大半的视觉，左半身的力量也减少一半。

“现在要怎么办？”我问。

之后好几周，我接受类固醇治疗以减轻大脑的肿胀，希望在秋天开课之前，药物可以施展一下奇迹。虽然疗程比肿瘤向我发送的愤怒信息更不堪，但回学校教书的念头给了我坚持下去的动力。几周后，治疗依旧不见起色，我问眼科医生我有没有恢复视觉的指望。“这个嘛，希望永远存在，”他不置可否地说，“但你大概应该让自己适应这样的生活。”看来，前景果真不太乐观。其他的医生有同感，他们认为，再发病一次，我残余的视觉就会悉数报销，身体全面瘫痪。

这些话是什么意思？眼睛瞎掉？癌症？瘫痪？我刻意不去思考，这超乎我的理解范围。我只知道自己想返回工作岗位上，孩子们需要我，而我也需要他们。我们还有太多可以做的事，我已经准备好开工。下个学年的课我都规划就绪了，学生反应良好的课予以扩充，删除效果不彰的部分，除了《麦田捕手》《飞越疯人院》《流浪者之歌》，我决定在荣誉英文课添加戏剧作品：阿瑟·米勒的《推销员之死》及田纳西·威廉斯的《欲望号街车》，也许可以让孩子们演个几幕。对于修大学预科的学生，我已从戴夫·贝瑞即将上市的《疯狂城市》中挑选出一些篇章，他们读起来会产生很强的共鸣，因为故事背景是在佛罗里达南部。我还要上不在标准教材里的《葛底斯堡演说》[1]及马丁·路德·金的《来自伯明翰监狱的信札》，我甚至为教室挑了新的文学海报，也买了要在第一天上课时穿的马丁大夫鞋。

现在我只要挺过这次的逆境，度过夏天。

① 美国林肯总统的知名演说。

16.

那年八月，庆祝我四十岁生日的合家欢墨西哥邮轮之旅成行了。行程是几个月前就定下的，但出发的时机很糟。我刚开始学怎样只用右手系鞋带，拧开牙膏的盖子，扣上裤子的纽扣。日常生活每天都在提醒我如今办不到什么样的事，做不了怎样的人，我不再是我。之前，我好歹可以假装自己仍是老样子，只要对自己隐瞒病情就行了——跑到洗手间呕吐，戴帽子遮掩头颅的凹处。现在，我得拖着一条腿走路，手臂在身旁无力地晃荡，病情严重的事实根本遮都遮不住。我想，最令我消沉的，莫过于照镜子。以我右眼仍然残存的些许视觉，我只能看到自己的半张脸——浮肿、秃头，从镜子里瞪着我的这个影像，看起来既陌生又令人不安。

我一直希望在邮轮之旅前多少恢复一些视觉和行动能力，但从痉挛发作的几个星期以来，病情没有丝毫起色，搭船更是顿时放大了一切我不能做的事。在这个有大约三千人来来去去的陌生地方陷入绝境，只会凸显出我实际上有多么无助。光是走我熟悉的街道去眼科医院就难如登天，我在船上摸索走动的通道，窄到一人必须让道，另一人才过得了。我三番两次撞到人，不然就是被没看见的东西绊倒。从海面溅起的水花，以及在泳池与自己舱房之间往返的湿嗒嗒的乘客，更是弄得地板滑溜溜的，即使是身体健康的人也会滑倒，对我而言则是炼狱，我不时摔倒。过去六年，我很得意自己可以掩饰病情，至少在外人眼中，我的生活很正常。现在，我却因为跛足、几乎全盲，而频频向素昧平生的人道歉。

我可怜的家人啊。雅各哥哥从前一年春天开始规划这趟旅行，几个月后我便在台球厅出事。自从雅各在上世纪八十年代离开迈阿密老家移居纽约后，我母亲就盼着我们能全家一起度假，这一盼就盼了二十多年。前一回我们举家出游的时候我两岁，我们挤进家庭休旅车，开到田纳西的大烟山。我的四十岁生日，似乎是实现母亲梦想的完美机会，到了最后一刻才取消行程的话，会伤她的心。

就这样，我们全员到齐——宝拉和我、雅各及妻小、莫里斯带着新女友罗宾，还有我父母，登上如拉斯维加斯式的霓虹灯般璀璨生辉的幻想号邮轮，在海上展开灿烂的四天假期。我看得出全家齐聚一堂对妈妈的意义重大。当邮轮从迈阿密港起航，妈妈红光满面，我说什么也不愿毁掉她的假期。

第一天出海时，我在返回舱房的途中撞到一辆清洁推车，车上高高堆着床单、毛巾和浴室用品，我连看都没看到它。推车往前滚动，撞飞了一个装满拖地水的水桶，水泼洒到地面、墙壁及推车所有的物品上。推车的人嘀咕着我“走路要看路嘛”，我不能怪他恼火，我才害他无端增加一堆工作，我不愿让他以为我是粗心大意的人，慌忙道歉：“嘿，真的很抱歉，我眼睛不太好。”也许他点了头，也许没有，我没有花时间确认，连忙转身，一跛一跛地走开，天知道我是在往哪儿走？我无地自容，一心只想逃离现场。

这不过是灾难的开端，我每次踏出舱房好像都会出事。当我从观景甲板下楼梯，我从顶端滚下来，最后以膝盖着地。当我在走廊遇到一个小孩，我摇摇晃晃的左手意外打到他的后脑勺，有个应该是他父亲的年长男人停下来骂我，大叫：“喂！你干吗？”以我仍有视觉的眼睛看到的锥状区块，我看到那人怒不可遏。他长得虎背熊腰，一个念头浮上我的脑海：“万一他把我扔下船怎么办？”虽然这是不理性的思维，我却吓个半死，我这辈子不曾那么害怕过。我从小就在佛罗里达南部的海边游泳，高中时还当过救生员呢，但我根本不是从前的我。又一次，我开始道歉：“先生，对不起，我不是故意的。我眼睛不好，手臂也是半瘫痪状态。”不知他是否相信我，总之他走开了。

之后，我凡事畏畏缩缩，时时刻刻如履薄冰，努力不撞到人，不被甲板躺椅绊倒，不在湿地板上滑倒，自己一个人闷在舱房的时间越来越长。我的母亲啊，老天保佑她，一直劝我去玩个痛快。在邮轮之旅前，我认为父母都在否认我生病的事实，旁人很容易忘记有一颗致命的肿瘤在我脑子里生长，因为我外观很正常。这下子，他们很难继续对真相视若无睹：我会一头撞上墙壁，摔下楼梯。每次我看着母亲，都看到她眼中的忧虑，但她努力假装天下太平。她会说：“大卫！去游泳池！你最爱玩水了！”或者说“去赌场，很好玩噢！”我不能告诉她，我怕会在泳池淹死，也担心老虎机的明亮灯光、响亮噪声会引发另一次的痉挛。

为了妈妈，我们都努力装出快活的模样，却因此承受莫大的压力，很快就觉得吃不消。宝拉焦虑得绷紧脸孔，雅各哥哥大半时候都在东奔西跑，确保每个人玩得开心。这段时间，我父亲在泳池边一次就坐上几个钟头，在那边，要假装比较容易。

一天晚饭时，我察觉爸爸看着我吃力地操作餐具。我都是从自助餐区挑选只要一把叉子或刀子就能取食的食物，因为我不能同时操作刀叉。我会把刀子插进一块肉中，或用叉子卷起意大利面，然后塞进嘴里，不容食物有机会掉到我大腿上。我敢说这样的吃相不好看，爸爸提议等我们结束邮轮之旅回到家后，要帮我设计刀叉合体的餐具。爸爸的提议虽然很窝心，但对我来说，却又一次提醒了我再也做不了的事——连有尊严地自己进餐这种小事也办不到。

随着时间流逝，我觉得自己在盘旋下坠。我试着入睡，但心智不放过我，医生开给我控制大脑肿胀的类固醇令我狂躁，负面思绪在我脑海翻腾。我止不住地想着自己失去的一切，如果我还有未来，未来会如何呢？假期结束后我要做什么？手拿着遥控器，就坐在家里吗？长久以来，我努力顶天立地，而今我阴郁的心情，却令每个人失望，包括我自己。

有一晚，在大家都睡了以后，我看着在我身边入眠的宝拉，回想我们上一次的邮轮假期。在十三年前，即1999年，我们趁着阿拉斯加邮轮之旅期间，在棉田豪冰河的底端结婚。我将婚礼排在6月21日，夏至，一个阳光恒久照耀的日子，只有我、宝拉、一位治安官，还有几位搞砸我们结婚照的因纽特族见证人，但我觉得婚礼完美无瑕。那时，宝拉和我大小事都形影不离。我们一块上床和起床，我们聆听相同的音乐，阅读相同的书籍，乐于结伴而行。我和她到杰西潘尼百货公司，帮她选购婚礼的洋装，我们婚戒的内侧都铭刻着“真挚地、疯狂地、深切地”。

我们相爱了很久，但现在我们渐行渐远。

我躺在那里，认真回想我们的感情什么时候开始走样。我知道是自己的病造成的伤害——从我们感情生活的一切，到我们的财务状况。我们几年前就彼此疏远，但最近我们形同陌路。我知道我们感情断线的原因之一是，自从我被诊断患了脑瘤后，宝拉就对我另眼相看，多半是因为我现在是病人，但也是因为我变了，癌症改变了我的身体与心灵。突然间，我头上有疤痕，颅骨上有钛合金的螺丝钉和板子，头发再也遮掩不了头部的样子。我很难继续重视未来的前程或难以追忆的过去，所以我对当下这一刻着了魔，只活在当下。于是，我有填不满的好奇心，不耐烦，也静不下来。虽然说这种话不好受，但我想宝拉根本不喜欢这个新的我，这一点在墨西哥假期里体现得再清楚不过。她大半时候都在甲板椅子上看硕士课程的历史书籍，当我问能不能同行，她会建议我晚点再去找她，这样她可以多看几个章节。当我想去某个自助餐区，她会说没有吃那种食物的兴致。我们就寝和起床的时间不同。当我站在观景甲板上看星星，她和莫里斯去赌场。我不能怪她不愿意待在我身边，除了生病的愁闷，类固醇更令我的执拗变本加厉，连我都受不了自己。我本来希望在出海期间，和宝拉重拾失去的感情，无奈我们反而疏远得更厉害。我们舱房的床铺非常小，免不了碰触到彼此，但我知道她对我已经没有昔日的感情，温情荡然无存，只剩残破婚姻的锐利棱角，我知道婚姻已走到尽头。

我的家人假装什么都没看到（其中的讽刺没逃过我的法眼），我终于在嘉年华欢乐之船上跌到谷底。

我咬牙挨过六年的癌症治疗，是为了挚爱的家人，就因为他们不愿意失去我。但我从不畏惧死亡，我只怕漫无目的地活着。现在，从我的观点看来，癌症已夺走我的一切：我的健康、我的尊严、我的独立、我的感情生活。那我的工作呢？我怎么继续教书？我纳闷着。我不能再开车了，我视力不良，不能看书，我又怎么可能继续做一个满足学生期许的老师？我又要怎么达成我对自己的期许？

我一时心慌意乱，就去找哥哥莫里斯，问："如果我丢了饭碗怎么办？"

莫里斯转向我，似乎真的大惑不解："咦，那又不是最棒的工作。"

"才怪，"我说，"教书明明就是最棒的工作。"

在行程中的最后一夜，雅各坐在他舱房外的阳台上，我过去找他。阳台很小，只摆得下两张椅子，我们挤着坐在那里，背部靠着玻璃拉门，脚丫子垂到栏杆外，脚下六十英尺就是海面。迈阿密触目可及，我畏惧起返回那里的生活（天知道会是怎样的生活）。雅各和我坐在那里，在星辰下，眺望大海，我心情开始舒展。船在水上航行的声音抚慰了我，只要我还朝着一个目标前进，我心想，就会有可以期待的事，一个目标、一个未来。我们静静坐了很久，听着邮轮在潮流中挺进的声音。

雅各终于出声了。"如果你不教书，你要做什么？"他问，深深吸了一口烟。

那阵子，我常想到一段据说是图派克·夏库尔讲过的话，我曾经多次和学生分享这段话："你可以用几分钟、几小时、几天、几周，甚至几个月，过度分析一个情况；试图拼凑出事情的全貌，辩驳事情原本可以如何、应该如何……或是干脆把那些都留在原地，管他的，继续向前走就好了。"

"我要做什么？"我问。

“对。”他说，“要是你不能教书，你打算做什么？”

“也许会去旅行。”我说。

“去哪里？”他问。

“大概是拜访学生。”我说。

珊瑚礁高中

敬启

主题：蒙纳许老师退休

大家好：

我是洁西卡·派克，珊瑚礁高中的旧学生，现在是塔夫斯大学毕业生。就读珊瑚礁高中期间，是我人生最美好的时光。我喜欢这里的校园，有兼顾我艺术家及普通学生身份的不可思议的教育，当然，还有优秀的教职员工。在珊瑚礁高中对我影响最深远的人士中，有一位是大卫·蒙纳许老师。

在高一时，我遇到蒙纳许老师，他教我的大学预科英文课。他传授了许多英文的知识，对人生的教诲更是丰富。首先，他的教学技巧高明，他仅仅是展露自己的个性，就轻易赢得全班同学的尊重。大部分老师让全班同学听话的方式，要么是和学生做朋友（露出诙谐、轻松的一面博取我们的好感），不然就反其道而行，极度严厉，就是想要把我们吓得乖乖听话，但蒙纳许老师不一样。

他向我们说明他是怎样的人，他的成长经历，怎样来到珊瑚礁教书。他披露自己不可等闲视之的方式，是在开课第一天，将一个不尊重他的人逐出教室。最重要的是，他以自己对文学的热忱激发学生的热忱。他是一位优秀的老师兼朋友，如果我需要什么（建议、听我说话的人，甚至是逆耳的忠言）他都随时奉陪。他非常关注学生，如果哪个学生稍微偏离常规，他会立刻察觉，将他们带到旁边，确认他们的状况。他把我们视为大人，赋予我们责任，让我们拿出大人的举止。在学校里有人这样对待我们，真的很受用。

自2007年毕业以来，我一直和蒙纳许老师保持联系。我仍然称呼他老师，以表达我的敬意，我依旧每几个月写一封信给他。大家大概可以在他的脸书涂鸦墙上看到，多年来的老学生不时在他的墙上留言，说他对他们的人生带来多么不可思议的影响。

他最激励人心的事迹，当然是他与脑癌的奋战。在那么多次的化疗后，他照样返回工作岗位，教得有声有色，他让大学预科英文的成绩创下新高——连完全健康的人都办不到呢。他对教学的热忱凌驾于自身的健康。直到他成为符合法定标准的盲人，他才决定退休。他离职不是因为化疗、头发掉落、体重减轻或昏厥，也不是恶心，而是因为失明了。好一位激励人心的老师。

2012年9月

17 ·

每天起床时，我都会伸出左手拿电话，希望左手的情况已经改善，然后发现未见起色，就想着是不是该打那通电话了。邮轮假期后没多久的一天早上，我的手无力到握不住话筒，而视力也差到看不见话筒掉到哪儿了，我就知道时候到了。

那天，我打电话到学校说我不能再教书了。“真的很遗憾，我们一直希望你会好转，如果你好起来了，我们会帮你安排工作。”两分钟的电话，就这样，终结我毕生的工作，而天天支撑着我摸黑起床的理由也没了。诗人埃德娜·圣·文森特·米莱写得好：“据说，当你惦记着一个人，对方八成会生出和你相同的感受，但我觉得你对我的思念，不可能比我此刻更深切。”当我挂断电话，我已经怀念起永远不会再上的课，还有那些今生无缘相遇的学生。自成年以来，教书就是我的挚爱、我的工作，教书定义了我这个人。

宝拉重返工作岗位后，我白天就坐在客厅，收看我看不见的电视。寸步难行的我只能困在屋子里，孤单而焦躁。我不得不依赖他人，而这件事粉碎了我的自尊。大半的日子里，我就数算着宝拉还要多久才会到家，变得有点像一条等着主人遛的狗。我不再只是身体出毛病，而是人生全毁了，癌症带走我的记忆、我的独立、我的自由、我的婚姻，现在更带走我的学生。我还剩下什么？看病吗，还是令我长期恶心、疲惫的治疗？

我例行去做追踪检查，医生说我肾功能衰退，但不是因为癌症，而是化疗的后果。他叫我尝试一种新的药物，一种实验药物，虽然有副作用，好歹不会造成肾衰竭。他说：“你现在就得开始用新药。”

我不知是怎么回事（也许是因为他高高在上地主宰我的生活），但我觉得以前的大卫突然渗进了我的身体。

“不要。”我断然拒绝。

医生迟疑一下，望着我。“你只能这么做了。”他语气坚定。“你需要新药。”他看着他的手表，我不肯立即答应他展开新的治疗，当场打乱了他预定的看诊时间表，他显然是有些不高兴。“对不起，老兄，但你的时间比我多。”

“你哪里知道我需要什么？”我心想。你们说我需要这个、那个已经六年了，现在这招行不通了，我的腿都瘸了，眼也瞎了。癌症病患的传统治疗计划，就是试用每一种可能的疗法，直到病人的病情缓解或死亡，六年来，我都照着标准流程走，但我不干了。终止治疗，反抗医学界（及绝大多数理智的人）认为对我最好的疗法，我需要自由，免予打针、吊点滴、关在狭小空间做恐怖磁共振成像的肉体自由，以及违抗主流、选择终止这些治疗的精神自由。多年来，我都教导孩子们身心要独立，现在我必须勇敢实践自己的教诲。我可以接受在命运之中没有我说话的余地，而癌症会要我的命，但要不要服用药物延长悲惨的生命是一个选择，我的选择。

所以呢？

“我不要。”我又说，听到自己声音中的笃定，“我说了算。”

医生不耐烦地挥手要我走，就像是在说：好吧，如果你选错了路，你等于自己宣判死刑。或许吧，但这是我多年来第一次觉得卸下了担子，觉得自由了。我记起很久以前我向自己许下的承诺：癌症带走了我的过去，也会带走我的未来，但抢不走我的现在，该是让我自己说话算话的时候了。

我坐在那间冰冷的办公室，思考我的人生还剩下些什么，答案变得如水晶般清澈。现在是好好生活的时候，真正活着。我始终相信，有了活下去的“理由”，自然会找到“怎么活”的门路，对我来说，这表示回到学生身边。我开始深思在邮轮上和雅各的谈话。“要是你不能教书，你打算做什么？”他这么问我。我告诉他，我要走遍美国拜访我的孩子们，我觉得自己很像在讲一个白日梦，一个濒死之人的一厢情愿。但我越仔细思考，越感到合理，我为什么不能去？以前我也接受过挑战，而且经验丰富，现在有什么阻碍得了我？我生命的终章不能由癌症来执笔，我仍然可以写东西，我很感激。我最精彩的故事，都出自过去十五年来和孩子们相处的体验，因此，何不尽可能多多拜访学生，听听故事的下一章——他们的故事！癌症阻碍得了我做这件事吗？

我从不向恶势力低头。我以前读的是一所环境恶劣的高中，时常觉得备受胁迫，知道如果走到不该涉足的走廊，就可能被修理，但那并没有阻挡我走上那条走廊。有一次，我发现自己碰到拉丁天王帮的人，他们是学校里的暴力帮派，我照样走我的路。他们开始喊话，奚落我：“你在这里干吗？小子，想找麻烦吗？”这种场面我见多了，心里很清楚假如我稍有软弱的表现，他们会当我是自己找打，所以我决定反向操作，我就地坐下，说：“搬得动我的话就来啊。”向帮派分子撂下战帖，这可能是我干过的最蠢的事。我连自卫的机会都没有，就被其中一人在地上拖着走。我突然觉得，这整件事荒唐到好笑的地步，我大笑了。其他人面面相觑，不知道该拿我怎么办，一个接一个，他们也笑了。最后，拖着我走的帮派分子停下脚步，坐在我旁边的地上。

“小老弟，你叫什么名字？”他问。

“大卫。”我说。

“好，大卫，”他回答，“你是一个难缠的小浑蛋……”

那个难缠的小浑蛋现在怎么了？癌症会比一群恶棍更可怕吗？为什么我不能在新的逆境脚边坐下，要求它搬动我？

我决定终止全部治疗，踏上旅程。我找到了自己独门的癌症药方：健康、快乐，拥有生活的目标。我能这样活多久都无所谓，重要的是我运用时间的方式。我构思的计划就是在这个壮丽的国家旅游，见识我一直想看看的地方，拜访在我十五年的教书生涯中让我人生如此丰富的人，我爱的人、爱我的人——我的学生们，我们无须教室，就能向彼此学习。我会和他们聊聊我的故事，并请他们娓娓道出他们的经历，或许我可以重拾一些失落的往事，同时建立新的回忆。我想知道：我是否影响了他们的人生？然后，如果我还有命回家，就要为其他面对逆境的人写下我的旅程。无论他们是哪一种人，我希望他们能因此恍然大悟，明白只要活得有目标，人生就值得活下去。至于怎么活，则由你决定。

“你疯啦？”宝拉在我告诉她之后说，“你看不到东西，也几乎不能走路，怎么可以出门旅行呢？你的治疗怎么办？”

“我要全面终止治疗。”我说。

“所以说，基本上这是自杀。”

“不是的，”我说，“我做的决定是趁着还有一条命，好好活着。”

我觉得自己有一点比很多人略胜一筹：好不容易，我真心相信自己来日不多，每个医生都这么说，我也看过我这种脑瘤的统计数据。大家都认为能活到六年的病人已算是相当幸运了，而我正迈向第七年呢。在癌症的最近一次出击后，我才体会到活着的时光是借来的，丝毫没有怀疑的空间，我总算懂了，我将要走向死亡。大部分人不会思考死亡这件事，仿佛本该如此。他们活得好像自己长生不死，反正永远有明天的样子，总是可以等到明天再向朋友伸出援手，或是打电话对父母说“我爱你们”。即使在我初步诊断出炉后，我也是那样过日子，就像是我还有一百万个明天一样。可是，当你真切地体会到自己会死，当你为死亡做好准备，这时你才学会怎么活，这是苦乐参半的一课。当你学会怎么活，你就死了。但这蕴含着绝美。突然，天上的太阳是你欢欣鼓舞的理由，花朵变得鲜活，拂面的轻风简直洋溢着灵性。你是谁，不再是由你的工作来界定，而是你付出什么以及你怎么去爱。对我来说，这样就是死得其所。

我开始告诉朋友们我的计划，称之为愿景之旅，并决定在十一月启程。依我想来，这是请求学生们教导我的机会，一如我曾经教导过他们，尤其是我会请他们协助我踏上旅程，穿越沙漠和河川，行经绵绵不绝的开阔道路，邂逅素昧平生的人，亲身体验凯鲁亚克和惠特曼笔下的美国。之前，我不曾西行到比伊利诺伊州更远的地方，但亚利桑那、得州、俄勒冈、华盛顿、加州等地都有我教过的学生。说不定，我还可以实现一个长久以来激励我的梦想，就是在太平洋游泳。

有了新目标，我的心情几乎在一夕之间逆转，药物的毒性从我体内渐渐排出后，身体感觉比前几年健康多了。肯定会有一些人愿意接济我的旅程，但我要怎样向孩子们放出风声？我和许多学生保持联系多年，但我在珊瑚礁高中这些年来，教过的学生超过三千人，尽可能一网打尽全部学生的最佳方式是什么？还会有什么渠道？我在脸书贴文：

> 给我的珊瑚礁高中大家庭：我要感谢大家与我共度的时光，你们给了我生命中的骄傲、目标、喜乐、满足与意义。即使我只参与过你们一小部分的人生，但这真的是我的荣幸。趁着大家还没湿了眼眶，我要向大家宣布一个计划：我要去旅行。我打算搭便车、巴士和火车（对，拄着手杖等），横跨美国到太平洋。请让我知道你们在哪里，以及是不是能让我在你家的沙发上睡一晚。

不出四十八小时，我收到遍及五十个城市的学生邀约：

> “在亚特兰大帮你保留一个床位噢！”
>
> “我在北卡罗来纳州的沙洛特，随时欢迎来访！”
>
> “我在波士顿大学！”
>
> “我在弗吉尼亚有多的床位，很乐意接待你！”
>
> “蒙纳许老师！我在旧金山，跟我说你什么时候要来！”
>
> “我们在阿什维尔市，你的住宿我来搞定。”

学生们的爱源源涌进，提供我落脚处，令我震撼。阅读这些留言的第一夜，是我从癌症确诊以来少数泪水决堤的日子，那是感恩的眼泪。我灌溉过的孩子们，曾经令我哭泣也共欢笑的孩子们，想要回报他们的老师，活像他们尚未给我美丽人生的大礼。

随后那几周，我天天检视住宿的邀约，联络可能接待我的东道主，规划路线，拟订行程。我的朋友海蒂·戈德斯坦架设了一个募捐款专页，协助我筹措旅费。规划旅程很累人，但总算唤醒了我的活力。我感觉到自己逐渐觉醒，迷雾也渐渐退散了。我买了一台苹果电脑，自学语音辨识系统与用单手打字。我研究这趟旅途中不同气候所需的各式装备品牌，我目前的衣服清一色是针对佛罗里达四季如夏的气候选购的，但在明尼阿波利斯市和芝加哥等城市，我会遇到寒意刺骨的气温，因此需要一件保暖的夹克和一副手套。我想把行头统统塞进一个背包，这将难如登天。

规划行程的每个环节都是一项挑战，但朋友和以前学生的留言总是激励着我。

我的学生尼基·马第尼斯写道："我祈求自己对学生的影响力，能够像你影响我的人生那样多。谢谢你教了我这么多，并且持续教导我。我保证，每个走出我教室的学生都会知道你的名字，知道你对我教育的影响力。朋友，祝你冒险愉快，你要知道，无论你去了哪里，我和许多人的祷告都会伴你同行。"

九月下旬，我小试身手，飞到新泽西访友，随后搭乘火车到纽约和雅各消磨时间。这趟旅程多灾多难（包括在一个地铁站一跤摔断手臂），我为脸书的追踪者贴文记述这次经验：

我从纽约和新泽西的试验之旅回来了，得到了有关装备及自己的许多信息。关于装备，我发现二十磅重的行囊实在太重了点，比我想象中还要不方便。我也意识到自己需要多多操练，提高专注力和纪律性来克服新的身体障碍，才能好好体验行程，乐在其中。例如，我现在知道自己不该总是撞上东西和摔跤，因为这些行为显然会害我摔断右臂。没关系，反正我得多多练习使用左手。

声援的留言蜂拥而至：

“鼻青脸肿不过是性格的一部分，坚持下去！”

“女生最爱疤痕了！”

“你办得到的，蒙纳许老师！”

我刻意轻描淡写，但说真的，这番经历吓坏我了，我连短途旅行都有问题了（大半行程是搭飞机），而我的行程规划却可能涵盖在全美各地三十座城市以上，若以火车和巴士代步，我究竟要怎么上路？我在屋子里踱步，想着此行会遇到的种种障碍，思考着撇下宝拉和房子以及此举的后果。当我邀请她一块儿去，她拒绝了，说：“我想我们想要的生活并不一样。”

几天后，另一位学生在我的脸书墙上摘录了《梅冈城故事》的一段话，她绝不可能知道，那恰恰是这本《哈波 · 李经典作品集》中我最爱的话：“我要你见识什么才是真正的勇气，别以为手中握着一把枪就叫勇敢。勇敢是在你展开行动之前就挨打，但你依然展开行动，不顾一切贯彻始终。”宝拉始终是对的，我们想要的东西的确不同，她需要留下来照顾房子、我们的宠物和她的工作。我需要重拾自己的老样子，上路。

我的愿景之旅再有一个月就要展开了，如果我现在不走，要等到什么时候？我的明天不会更好了。我的腿疼痛着，但至少还走得动，谁知道我还能走多久？那些脑子里的一大堆借口不该再听下去了，得付诸行动了。

18 ·

11月2日星期五，我按照行程规划，背上背包，拿了红色尖端的手杖，和宝拉吻别，就出门了。我的原定计划是搭42路公交车到捷运站，再乘火车到塔拉哈西[①]让一群学生为我饯行，但我孩提时的朋友希拉里·格伯要到塔拉哈西访友，提议我搭她的便车，我非常感谢她。希拉里是我高中时的女友，这些年来我们都保持联系，她还是医生，不仅担任我的一日司机，还处理我伤口感染的手臂。我将东西扔进希拉里蓝色马自达的后座，最后一次看着我亲手涂漆、挂在前廊栏杆上的告示牌。我写的是狄兰·托马斯的诗句："别温顺地进入那良夜……愤怒，愤怒于光明将逝。"

这就是我的计划，我清楚自己在旅途中病殁的概率。医生告诉我，如果不治疗，拥有明天的概率微乎其微，但我才不要默默告别人世。

"上路的感觉如何？"一出发，希拉里就问我。

"兴奋，但是焦虑。"我说，"好多事情都还没搞定，但有一种'总算成行了'的感觉。出行前有太多的期待，太多的规划和思考，在这一刻之前，我只能想象旅行会是什么样子，现在我真的可以把点点滴滴存进我的记忆库了。"

从迈阿密到塔拉哈西的车程约五百英里，大部分是开阔的高速公路。我们

---

① 美国东南方的佛罗里达州的首府。

在高速公路北上时，久违的精力油然而生，即使第一站都还没到，至少我出发了，我没有向癌症低头。

希拉里必须包办开车的责任，因此大约到了路程中点的奥兰多附近，我们决定停下来吃点东西。我心血来潮，在脸书贴文：“大家好！我在奥兰多一家叫美屿河口的餐厅，来这里和我碰头！”我们要了五人的桌位以防万一。不到两个钟头，人就多到我们包下了一整间餐厅。他们是就读于附近中佛罗里达大学的旧学生，也有一些人是我年少时的朋友，我看着他们的脸，觉得自己好幸运。那天稍晚些时候，我在另一则贴文写道：“到目前为止，旅行棒到没话说！”一位旧学生回应：“这次旅行的目的是什么？要大家重视癌症吗？如果你失明了，又自己一个人，你要怎么开车？”我回应：“尼克，我开车比你的拼写更蹩脚，但我会搭火车、巴士和便车。”第一课：不必有教室，我也能继续为人师表。

下一站——塔拉哈西，有几十个学生在插曲俱乐部迎接我。这家俱乐部和佛罗里达州立大学在同一条路上，很多珊瑚礁的毕业生在这里念书。走进去时，我注意到每个人都穿着相同的T恤，上面是我戴着医用口罩、竖起中指对着注射化疗药物的照片，底下写着“大卫·蒙纳许的愿景之旅”，上方写成弧形的字样则是“去他的癌症”，我深有同感。那一晚的气温是摄氏四度，在佛罗里达算出奇地寒冷，但满室的爱温暖了我。

“蒙纳许老师，你觉得如何？”

“没什么好抱怨的！”

“我想念你！”

“我更想你。”

“你是我遇过最棒的老师。”

“我好爱你们大家。”

在和一群孩子们谈论当年的时候，我注意到一个眼熟却记不起来的女人。几分钟后，我走向她，十来个旧学生跟着我。“我是珍妮。”她说。我想了一分钟，“我的天！珍妮 · 阿穆斯！”

我和珍妮是在七八岁的时候认识的，我们俩都念佛罗里达州米拉马尔的以色列圣殿教会希伯来语学校。珍妮在七年级的学期中搬家，但第二年她回来参加海瑟 · 布朗的犹太成人礼，我们接吻了。

“我没有忘记那一夜！”我叫道，学生们围绕着珍妮和我。

“我也是，你是我的初吻！”她说。

“初吻！真的假的？”

“嗯。我是说真的。”她说。

看到孩子们的反应，我想起蒙提 · 派森剧团的一段陈年滑稽短剧——《推推搡搡、挤眉弄眼》①。对他们来说，老师的青春恋歌怎么听都不会厌烦，一个字都不会放过。

珍妮不是唯一一个来自我遥远过去的朋友。当她和我闲话当年时，小时候住我家隔壁的邻居、如今的饶舌歌手青鸟站到台上，立刻将这一夜的气氛炒得

---

① 蒙提 · 派森是英国的一个戏剧剧团。在《推推搡搡、挤眉弄眼》这部剧中，有两位男士在酒吧喝酒，有一人以手肘触碰对方，并以暧昧的眼神比画着手势，通常是要逼问感情之事。

火热，他说了一堆我的糗事，幸好学生们在我班上时没有听过那些故事："他用爆竹炸坏我死党的鞋子，他给我不戴护膝就跳下滑板坡道的勇气。不知道为什么，他对我的耐心超过我的亲兄弟，硬是揽下把我变坚强的责任。他会穿上护具，在前院追打我。有一次，他用封箱胶袋把枕头固定在我身上，试着教我怎样防范忍者的木剑攻击！他也是我的老师……只不过我遇到的是年轻、不顾忌言行的他。"

那是神奇的一夜。到那个俱乐部之前，我很担心学生见到我后会怎么反应，他们大部分人只认识完整的我——一个长得强壮的健康的家伙，有头发，还会用大大的步伐传达出我的自信。如今我不良于行，拄着盲人的手杖。我说什么都不愿意孩子们把我当成可怜虫，但就算我的脆弱模样让其中一些人吃了一惊，他们也假装没有注意到。他们传递感恩与爱的种种方式淹没了我。

时间流逝得太快，不知不觉中，就到了告别的时刻。

我正在收拾自己的东西，一个学生跑向我，她红着一张脸，露出担忧的神情。"蒙纳许老师！"她叫道。"警察来了！"

"没事。"我说，"没问题，交给我应付。"

我走到外面，向警官们自我介绍，他们刚从警车上下来。我问："有什么问题吗？"其中一人说："没事没事，我叫罗伯特，你一定不记得我，但十年前我被误分到你的荣誉英文课，我只在你的班上待了几天，学校就把我调回普通班。但我不曾忘记你，我听说你会来，我怎么能不来一趟。我可以和你合照吗？"

之前我不记得罗伯特，但今后我不会再忘记他的脸。

警车离开后，学生们在停车场里围着我，没人希望这一夜结束，但我第二天必须早早起床，前往下一站新奥尔良。

“嘿！”我大叫，“谁家的沙发可以借我过夜？”

每个人都举手了。

我记得一个常常上演的午餐时间活动，是大卫绕着午餐桌子追着我跑。如果我没记错，他的目的是要搔我痒，逼我“吱吱叫”，就这样，我的绰号成了“吱吱叫”。这些年来，每次有人称呼我“吱吱叫”，我都会想到他，然后露出笑容。

我很高兴自己也去了，这个聚会让我得以真正窥见大卫如今成了怎样的人。我很高兴看到他备受喜爱及尊重，他扳住生命，不允许生命和他擦肩而过，并教导别人也做相同的事。和他告别时，我的心情很沉重，我觉得我们聊天的时间应该更长才对，但能在这么多年后见上一面，我已经很感恩了。我亲吻他的脸颊，和他拥抱道别。

——珍妮·阿穆斯

诺瓦中学／佛罗里达州戴维

19 ·

我向来对新奥尔良充满了好奇。新奥尔良自封南方颓废之城，是一场永恒的嘉年华，拥有世界一流的爵士乐手，永远没有穷尽的秋葵浓汤和炖饭、有轨电车、密西西比河，还有基于集体的直率性格而催生的邋遢衣着风格，一场名为“脏衣服之夜”（Dirty Linen Night）的首创艺术活动。这样的一个地方，怎么可能不会勾起你的好奇？在我看来，那里有许多可以学习的东西，而且我可以到马克 · 吐温撰写《哈克贝利 · 费恩历险记》的地点附近，这本书在我小时候给了我不少启发呢。

我的旧学生梅丽莎 · 戈麦斯搬到新奥尔良读罗耀拉大学。她和三个室友合租房子，说沙发要借我睡。起初，我对她的邀约犹豫不决。我记得梅丽莎是个极度敏感、脆弱的孩子，我不愿意自己染病的实际情况成为她的负担，尽管她透过我的脸书关注我的病情，但我担心她受不了见到老师（以前，她从男女间的感情一直到学力测验的种种问题，都会找我帮忙）已非她往日眼中的磐石。但是因为我此行的任务是拾回失落的回忆，并发掘自己是否改变了学生的生命，我最后接受了梅丽莎的好意。

与她重逢不到半天，她给我上了宝贵的一课：人确实会改变。梅丽莎已经从缺乏安全感的高中生，脱胎换骨成一位清楚自己想要哪种生活的女人。

更令我惊讶的是，她明确指出自己的人生是在课堂上的哪一刻转变的，梅丽莎说：“是你起头的。”她告诉我，在高三的一天早上，她在铃响之前心慌意乱地冲进我的教室，因为那是完成大学申请的截止日期，而她还没有着手进行。那天我给每一班的学生分配阅读教材，陪她坐了一整天，填写表格，讨论她大学论文的主题。

“我非常紧张又焦虑，很怕自己不够好，才拖拖拉拉没有填写大学的申请书，但你让我觉得自己有资格上大学。虽然那听起来好像没什么大不了的，却让我得到今天的一切。”

我察觉梅丽莎成了一位追寻者。她十八岁便冒险离家，到了一个半个人都不认识的陌生城市，如今她建立起自己的生活，拥有许多在这里结交的朋友。大三时，她已盘算着要读路易斯安那州州立大学的社工硕士学位。那个连自己的影子都害怕的小女孩，现在是一位拥有无私情操的成熟小姐。“我这辈子都要帮助别人，就像你帮助了我们所有人那样。”她说，“所以我邀请你住在我这里。你让我看到了自己这辈子要走的路，我想在你的旅途中，为你尽一点力。”

之后几天，梅丽莎充当我在城里观光的导游，带我搭乘有轨电车游览圣查尔斯大道和法国区，以及历史古街法国街上的著名爵士乐酒吧，但真正感动我的是她欢迎我参与她的新生活，介绍我认识她在那里结识的多彩多姿的人物，最有趣的是一位名为山羊卡森的牧师。

我没听过山羊牧师这号人物，但他的大名在新奥尔良家喻户晓。这位当地的传奇人物，住在一间涂满斑驳油漆的米色简陋房子里，卡特里娜飓风都过了七年，飓风遗留的断瓦残砾却仍然散布在地上。梅丽莎不情愿地说出认识他的经过，以致我迟疑起来。她说，她家里怪事不断（三更半夜时，东西会从架子上掉落，门被摔上），闹到她和室友们连觉都不敢睡。她们对一个当地人说起她们的困扰，他建议她们去找山羊仔，说他是一位切罗基族印第安巫医兼萨满，懂得怎样净化恶灵入侵的房子。女孩们言听计从，而山羊仔执行的仪式果然奏效，怪声都消失了。梅丽莎说："我要你见见他。"我回答："嗯，好，我一向欢迎新的体验。"

山羊仔来应门的时候，穿着一条红皮裤，戴着缀满闪亮玩意儿的红色牛仔帽。后来我得知他六十八岁，但外表比较苍老，头发扎成一束七零八落的马尾披在背后。他一副历尽沧桑的外表，但散发出浓厚的温煦气质，我当下就庆幸自己去见了他。

在迈阿密，你根本遇不到像山羊仔这样的人。他的房子说出了他的故事，每件物品都是他生命中的一个纪念物，大部分钉在墙上。有一张他和传奇音乐家约翰博士的照片。另一张照片中的山羊仔站在平台上，那是一九九二年他参选美国总统的留影。（竞选搭档是老鹰乐队的吉他手乔·沃尔什，他们得到十万票。）他得过美国原住民音乐奖的最佳诵读奖，还有一张感谢状，感谢山羊仔帮约翰博士创作了获得格莱美奖的专辑《忘忧城》的歌曲。真正引起我（身为英文老师的我）注意的是他出版过的小说封面《浅墓》："我想把酒意睡掉，正努力要进梦乡，烟尘就从我窗户钻进来，害我喘不过气。天气很热，热到实在不能入眠。我努力回想自己为什么喝酒到半夜三点，还有我今天不去不行的那场葬礼到底是哪个人的。"

散放在客厅里的是几张兽皮，我挑了一张坐下，山羊仔拿起一个乐器（安装了自制琴弦的一副水牛颚骨）说是他的竖琴，然后为我们弹奏他的音乐。他皱了一下脸，说最近身体微恙，但摸不清是什么毛病。我说出我的故事（癌症和这趟旅行），他于是对我说，他在等检查报告的结果，好知道他身体疼痛的原因。

我还没弄清怎么回事，这位朋友们口中的山羊仔便为我举行“净化仪式”。他在我肩头披上一件有大垫肩的闪亮红色夹克，将老鹰和火鸡羽毛摆放在我周围。接着，他用一张纸卷起大麻和鼠尾草，把纸卷点燃，在室内挥舞，让大麻的烟雾充满屋内，就如同神父在对圣坛祈福时会挥舞香炉一样，还用美国原住民的语言唱诵。山羊仔解释，夹克是我旅途的盔甲，羽毛是我的护身符，能驱逐邪恶，带来好运，烟是为了清除我周遭那些有害的灵体，诵唱则是为了净化我。我没问净化什么，但我猜是癌症，至少，我希望是如此。之后，我们共享大麻烟。杜克大学医院的医生开了合成大麻，以控制我每天的恶心，但一如其他因为生病而抽大麻烟的人，我发现天然大麻有效得多。山羊仔说，这是仪式的一部分。我是心胸宽大的人，既然人家好心帮我，我凭什么质疑他的做法？

我在新奥尔良的最后一天，梅丽莎带我到密西西比河的河岸，我们坐在那里聊了大半天。不一会儿，她向我敞开心房，说起一个和她交往的男人。她说他们认识时，他已完成戒毒和戒酒，小两口情投意合，直到最近情海生波，现在，她怀疑他又吸毒了。“我该怎么办？”她问。

“如果他又染上毒瘾，你要么就当他是一个病人，努力让他再得到帮助；要么你相信恢复吸毒就是他做的选择，而你要为自己做更好的打算。”我回答。

梅丽莎笑着问："真是非黑即白，对吧？我不是参与其中，就是抽身离开。"

我点头："我想没错。"

"如果他吸毒的话，我就和他一刀两断。"她说。

"相当明智的决定，我以你为荣。"我说。

"我也以你为荣。"她说，"你和病魔对抗了这么久，一直这么勇敢。"

"谢谢你的夸奖。"我说，"但恐怕我的死期老早就过了。"

"好吧。"她说，"但有多少次你活着度过别人说的死期？我只是说说。"

我很不愿意看到梅丽莎经历这种痛苦，但我很感恩地知道，即使我们不在课堂上，她仍然认为我是一个可以给她建议的人，一个她信任的人。更棒的是，我领悟到自己可以相信梅丽莎，她有能力面对我的病情。以前我小心翼翼地对待她，生怕她会崩溃，但现在她是一个有力量鼓舞我的女人。

太阳西下，橙色的暗影投射在缓缓流淌的水流上，河水似乎没有尽头。对于哈克贝利·费恩[①]和他的朋友吉姆来说，密西西比河是他们的命脉，带领他们前往自由，那是我在那一刻的感受——自由，在旅行中向我的命运前进，将以往的生活抛在背后。

活着。

我只是说说。

① 马克·吐温所著的《哈克贝利·费恩历险记》中的主角，书中讲述吉姆为了逃离再被主人卖为黑奴的命运，和费恩一同乘着木筏从密西西比河流航向他们各自追求的自由人生。

20 ·

在亚拉巴马州某个鸟不生蛋的地方，我冒着大雨搭便车，那是我这辈子感到最孤单的时候了，而亚拉巴马甚至不在我的行程中。前一天，梅丽莎好心地说要开六个多小时的车，把我从新奥尔良送到我的下一站亚特兰大，但不知何故，我永远不会知道那天怎么回事，总之我们往北行驶，在滂沱大雨及漆黑的河口中，没有卫星导航信号来引导我们回到正确的路上，以致在七小时后，我们远远偏离了路线，信不信由你，我们跑到田纳西去了。

由于梅丽莎得再开七小时的车才能回到新奥尔良，而且她第二天要工作，所以她只能尽量送我，百般不情愿地让我在一家廉价的路边汽车旅馆下车。这间旅馆有一个红色的闪烁霓虹招牌，位于莫比尔河北岸某处的穷乡僻壤。那时已是三更半夜，脑袋底下能有一个枕头，开心都来不及了。第二天早晨醒来，我才注意到房间里臭烘烘的，床单已露出线头，地毯肮脏，洗手台里还有烟灰，但这还不是最糟的。

当我到柜台询问离开那里的交通方式，那位小姐揉揉眼睛，揉得蓝色眼影都抹到脸颊上了，她想了想，说几英里的范围内都没有火车站或巴士，也没有一句“老兄，祝你好运”就能遇到大老远开到这里的出租车。我眼睛没瞎到看不见墙上的手写标语，因此我背上背包，拎起我的小登机箱和手杖，走到大马路上。

我一瘸一瘸地拄着手杖，竖起拇指，却没有人停车，大家知道那有多侮辱人吗？我的外表看起来有多危险？我很气馁，走路也走累了，觉得自己像个流浪汉，冷不防地，我冒出一个或许能交上好运的点子。我偶尔会抽烟，用大麻控制恶心、保持食欲，而新奥尔良的某人给了我一根大麻烟，让我带着上路，我把大麻烟安全地收在背包里。虽然我很不乐意和别人分着抽，但大麻烟很可能会是旅途中一项讨价还价的利器，若是我能因此搭到便车，我愿意忍受大麻烟强效镇压的恶心感。车流呼啸而过，我取出大麻烟，点燃，举在我招揽便车的那只手上。

不到三十秒，我就听到了空气中刹车系统的响亮嘶鸣声，一辆轰隆隆的红色十八轮货车停到我面前的路边。乘客座的门大大敞开，我听到一个声音大声地说："可以分我抽吗？"当我好不容易爬上货车，面前是一个四十到五十来岁的高瘦男子，油腻的金发上戴着一顶棒球帽。"我叫泰迪。"他说，笑嘻嘻地看着在我手上冒烟的大麻。"大卫。"我说，把大麻递给他。"很高兴认识你，泰迪。"他深深吸了一口大麻，然后启动货车，我们就上路了。

泰迪说要去彭萨科拉，我决定跟他走完这趟三小时的车程，之后再想办法到亚特兰大。他说他已经连续驾驶十五小时，以我的最佳猜测，他情绪高亢到破表，他紧紧握住方向盘，以致指节都泛白了，他不停地说话，也没停止咬牙。这绝对是我这辈子坐过的最刺激的云霄飞车，我心想。泰迪严重超速，只求能准时把货送到，而且雨势又变大，他很难看清路况。通常我会觉得害怕，但我发现，当我越接近死亡，冒险精神就越高涨。马克·吐温说："我不畏惧死亡，在我出世几十亿年前我就死了，丝毫没有因此感到不便。"我深有同感。

泰迪问我怎么带着拐杖，于是我简扼交代我的情况。我问他在我脚边滚来滚去的啤酒罐是怎么回事。“这个很有意思噢！”他说，“这款啤酒名为米基的大嘴巴，得名自一位前任货车司机。”他告诉我，米基设计了这款大瓶口的旋转式瓶盖酒瓶，以便长途车的货车司机喝完啤酒可以尿在啤酒罐里，再盖上瓶盖，完全不必为了上厕所而浪费时间停车。“聪明。”我说，仔细看了一个啤酒罐，我这才恍然大悟，里面装的不是啤酒，我在驾驶舱里闻到的恶臭是罐装尿液的味道。

活到老，学到老啊。

我们到彭萨科拉时（我想，是破纪录的时间），狂野飙车已经令我累了。我谢谢泰迪的热忱助人，爬下驾驶舱。泰迪眨眨眼，向我点头。“嘿，瞎子！”他说，“你可要好好看路，听到没？”

趁还来得及，去跟最爱的人说你爱TA

我知道你独自一人，大卫，但我也知道自己的心陪伴着你上路，我的思绪跟随你从一州漂泊到另一州。我很自豪你是我最要好的朋友，我永远都会珍惜我们共处的回忆。要坚强，要知道你绝对不会真的孤单，几百个人天天追踪你的旅行，我只是其中一人，但我的内心与你的负荷一样沉重。我的思绪随着你浪迹天涯，一如你的脚步在乡间漫游。不时更新你的近况给我们大家看，我们需要知道你过得好不好，以及你在做什么。多写点东西，聊聊你的体验，与我们分享。你完完全全备受珍爱。

——丹尼丝·阿诺

英文教师／珊瑚礁高中

21

旅行了三个星期左右时，我碰上了感恩节。我的病情已确诊六年了，这不但是我人生遭逢变局的周年纪念日，也是我生平第一次没有和家人过节。亲朋好友会照着往年的惯例在我父母家团圆，享用我母亲的传统感恩节大餐，我想像大家围着长桌坐下，老妈最高级的瓷器和水晶器皿都摆在桌上，老爸会坐在桌首，妈妈会坐他旁边。哥哥们和他们的家人、众亲戚也都会来，还有宝拉。

我频频想起宝拉，思考着她对我的思念是不是和我一样深，但我们联络时，我没有问她。我没有告诉她，只要她说一声想我，我就搭下一班火车回迈阿密，但她根本没有半句透露思念的话。她没有说我的旅行太长，或她要我回家，或她担心我，但她和我聊她的课和她的学生，我则和她说我的旅途经历。每次对话结束，我都试图说服自己，我们和天底下的夫妻没什么两样，如果我们不一样，然后呢？我想都不敢想。

感恩节那天，我是在旅程中的亚特兰大这一站，和以前的学生卡拉·保罗、她的伴侣艾瑞克及他们两岁的双胞胎女儿共度。在那个晴朗、有风的佳节午后，我们在附近的游戏场消磨时间，我在一边的长椅上看着双胞胎在立体攀爬铁架上玩，觉得自己彻彻底底是个局外人。那是合家同欢的美丽日子，充满风筝、气球和孩童的笑声，全场只有我一个人没有小孩。自从宝拉嫁给我，我就想要生儿育女，但宝拉总是觉得时候未到。看着卡拉喂女儿们吃点心，见到他们享受彼此的陪伴，我无缘体验亲子之情的事实顿时令我悲从中来，我当爸爸的机会已经没了。

艾瑞克必然察觉到我阴郁的心情。他问我要不要玩抛接足球，我开心地接受他的提议。虽然我很喜欢找事情散心的点子，但我不知道自己还有没有玩球的本钱，毕竟我身体有残疾。结果，我用右手丢球的本事还不错，接球则是另一回事。每次艾瑞克把球丢向我，球都从我胸口弹开，每次我去追球，都会很糗地摔跤。我开始觉得那一整天，老天都刻意让我目睹自己错过了什么，但也许那正是给我的教训，让我醒悟到自己错过了什么。

那晚，我们一伙人到克劳迪娅家吃大餐。克劳迪娅是卡拉的姐妹，她的房子很漂亮，位于一个草皮修剪整齐的社区，孩子们在人行道上玩耍，大家的车子都停在正确的位置。他们家族全员到齐，我安静地听他们闲聊邻居、学校、姻亲和工作，这些全是披露他们生活紧密交织的简单事情。饭后，他们播放了最近去迪斯尼乐园的家庭旅游录像带。我静静地坐着，意兴阑珊地看影片，假装感兴趣，当时却暗自想着妈妈自制的苹果及覆盆子馅料该有多么美味，我还想着卡拉一家人对我这么亲切又热情，我却连每个人的名字都不知道。我在这里干吗？我一边问自己，一边听米妮、米奇和孩子们没完没了的欢叫声音。我觉得和自己所知、所爱的一切相距一千五百万英里，而我大可和亲友团聚的。

我看看手表，想到在那一刻，我的亲人大概正坐下来享受盛宴，绕着桌子对每个人说出自己这一年来的感恩。我对很多事心存感激——发现原来我还能投球，即使我接不到；我狭窄的视野让我好歹可以稍微窥见人与地的样子；这么多老朋友及旅行中认识的新朋友对我展露的深切的关爱。我想至少抽出片刻时间，告诉我的亲友我惦念着他们，因此我暂时告退，打电话到佛罗里达的老家。妈妈接起电话时，我在背景中听到了我们家族的愉悦声响。“少了你就是不一样。”她说，“你觉得如何？你几时回来？”这通电话只有短短几分钟——我不愿意绊住她，让她不能回到亲友身边，但已经久到令我空前思念我的家人。请记住，我心想，一定不要在感恩节离家了！

那天晚上，我跟着卡拉和艾瑞克回他们家，将孩子们送上床后，我们围着厨房桌子坐下，聊着我们的生活点滴。艾瑞克首先发难，他想迎娶卡拉，但她不肯，尽管他们住在同一个屋檐下，有两个孩子，卡拉仍然担心婚姻会抹除她的个人身份。我试着揣摩他们双方的立场，但我忍不住要想，如果他们两人发现死亡近在眼前，他们的想法会不会改变？

看着卡拉和艾瑞克，我发现自己忌妒他们共享的生命。从他们互动的方式，看得出他们极为亲密。当卡拉望着艾瑞克，她的眼神流露出浓情蜜意，我从没看过宝拉用那种目光看着我。我最后一次用艾瑞克凝视卡拉的眼神望着宝拉，又是何时？我赫然发现，在我和宝拉的婚姻中，绝大部分时间我们的关系是单纯做伴，以爱为基石的时间反而短得多。我守着宝拉，以防自己陷入孤单，因为我害怕没有一个分享事物（不分好坏）的对象。而我现在却在这里，见识着在我离开佛罗里达之前绝对想象不到的人与地，大限近在眼前，已婚却孤单。我一向为自己的独立自豪，我谁都不需要，我才不是那种人。但卡拉和艾瑞克显然互相依赖，那种关系很自然，而且恩爱。我不得不谦卑地承认，作为一个自立自强的人，不代表我不需要爱。我需要爱，我也希望生命中有爱。

在我待在那里的最后一天，于早晨洗澡时，家庭号洗发精从我手中意外滑落，砰然落地。突然，艾瑞克来到浴室门口。“大卫！大卫？你还好吗？”还说什么感觉脆弱呢。我光溜溜地在浴室里，一个几乎不认识的陌生人站在门口，想要伸出援手。我向艾瑞克发誓我好得很，但直到几个钟头后，我才有办法面对他。之后，当我坐在从亚特兰大到华盛顿特区的火车上，我开始思考丧失独立感，如何令我觉得自己不成人样。在亚特兰大车站时，卡拉陪着我等火车进站，一阵强劲的寒风刮过来，是那种会令人屏住气息的风。当时我看着卡拉，瞥见她眼中的担忧。我看穿了她的心思。如果在亚特兰大就这么冷，我继续北上会冷成什么样子？“你会平安无事吗？”她问。我没有答案。在那之前，路上总是有人陪伴我，我一直不是只身一人。现在我要坐十四小时的火车，只有我和我衰败的身体，几乎全盲。

我看着佐治亚的乡间景色飞驰而过，想到亚特兰大的人全然接受残障的我，但我呢？当艾瑞克冲到浴室帮我忙，我是不是只觉得窘迫，对他的好意与关切其实不太领情？真相是，我觉得含羞受辱。我一向最信赖自己的直觉，当我再也信不过自己的能力与感官，就觉得身体背叛了我。慢慢地，我怀念起以前的老样子，怨恨起自己的新面貌。当我的学生因为外表的问题而心情低落，我会提醒他们那是一时的。痘痘会从他们的皮肤上消失，牙套会取下，但我觉得自己面临的处境是生命停止给我恩赐，并且将恩赐一一带走。我在理智上明白患癌没什么丢脸的，但生病令我觉得虚弱、无能，好像自己无足轻重。所以，我不肯让宝拉陪我去接受治疗——我不是不想麻烦她，我是不要她将我看成一个虚弱、朽烂的人。

我自诩为一个强悍、打不倒的家伙，紧紧攀附着这个身份认同不放。我这辈子始终坚守我绝不需要任何人的想法，以致我信不过人，不容许自己依赖别人。我是不是也这样对待宝拉？我是不是将她逐出我的生活，在我迫切需要她的时刻把她封锁在外？不够信任她，以致我认为她不想要守着我？我是不是趁着她还没想到要跑开时，就先逃离她？

独自搭乘十四小时的火车，会让你有很多思考的时间。随着美国铁路公司的班车向北疾驶，在这趟旅程中，我醒悟到：我一直在容许别人扶持我，我一直在学着信任别人。在每一站，我让学生和陌生人帮助我。我恍然大悟，原来我抱持的世界观不适合如今的我，我不再是一个需要证明自己男子气概的铁汉。我的外貌和以前不一样了，我做不到过去能做的事。过去，大卫·蒙纳许把杰克·凯鲁亚克在《孤独旅者》中的话奉为圭臬——“不管是谁，一生都应该去一次荒野，体验一下健康甚至乏味的独处，发现自己只能自立自强，从而认识自己真实且隐藏的力量。”——那个蒙纳许不在了，新的蒙纳许则试图找到自己的路。

如果我能接受别人的帮助，衷心感谢出手相助的人，不再为此心生苦涩，或许那就表示我接纳了自己，我早已和自己不久人世的事实和解，我的新课题将是，接受这就是我今后的生活方式。

22 ·

我在华盛顿特区的联合车站拜托车长扶我下火车，他看起来很乐意帮忙，我也免予摔倒在月台上的窘境。旧学生金姆·柯瑞克是第一波响应我脸书贴文的人，她住在弗吉尼亚州黑堡附近，得开四个半小时的车来接我。她真的非常有心，也是我当初接受她邀约的原因。若是平时，黑堡不会列入我死前要造访的地点清单，却是我相当期待的一站，金姆和我经历过不少事呢。

我们在华盛顿的尖峰时段离开车站，城里堵车堵得厉害。我们困在水泄不通的车阵中，花了一个小时才离开了华盛顿，展开了穿越蓝岭山脉前往黑堡的漫漫长路，而这段龟速的路程给了我们叙旧的好机会。

2006年金姆在我班上的时候，是一个个性很强的女孩，愤世嫉俗，防卫心很强。别人说了她什么，她一概视为侮辱，完全不管人家的本意是什么。她随时准备从别人的言行中挑出她自己认定的轻蔑，她缺乏安全感，自惭形秽，以致认定别人看她不顺眼，但其实别人根本没那个意思。

因此，我很讶异金姆竟然自告奋勇想在班上念出她的优先清单，但我认为这是鼓励她敞开心扉的机会。当我看到她的单子，我注意到“隐私”是列在“安全感”之后，加上她平日抑郁的言行，令我觉得她可能会自残。就我的经验，为抑郁所苦的男生通常会把痛苦发泄出去，倾向伤害别人；女生则多半把苦楚闷在心里，仿佛借此证明外界对她们的伤害不如她们对自己的杀伤力大。可悲的是，这已是他们应付青春期抑郁与焦虑的泛滥手段。

我察觉金姆陷入这种模式。一般而言，要谈这种事的时候，我会把学生带到走廊，但我在急迫之下，蹲在她的桌子边，以私密的低语问她："你是不是会拿刀子割自己？"她一声不响，只羞愧地垂下头。一开始，我以为那是因为我说中了，但多想一下后，我记起金姆会抽烟。"不对，你是烧伤自己，对不对？"

又一次，金姆没有说话，但从她脸上的惊愕判断，我戳中了她的痛处。那天下课后，她一直等到所有人都走光。原来，她为了同性恋的性倾向而痛苦，她母亲坚持那只是一个阶段，她迟早会"复原"。"但我不会复原。"金姆告诉我，"我知道自己是同性恋，我已经知道很久了。"

第二天，我请金姆在下课后留下来，等着她自己说出真相。她默默无语，和我大眼瞪小眼。我问她："你在伤害自己，这样能改善你的处境吗？"她看着自己的大腿。"你只是在伤害自己，破坏自己得到内在宁静及幸福的机会。"这话似乎稍微动摇了她强硬的外表，我再接再厉。"除非你和自己和解，自豪地展露自己的真面貌，否则你永远不会快乐。"

当我再次见到金姆，她给了我一个装满几百根火柴的大拉链袋，说她不再需要这玩意儿，因为以后她不会伤害自己了。直到那个学年结束，我都密切注意她，看到她在接纳自己与性倾向之后所建立的自信。她待人变得和善，也更有安全感。

金姆在华盛顿接我的时候，我们已经久违六年多。她介绍我认识她长期的伴侣米琦琳，我们三人聊着工作和日常生活，但大半时候，我们聊的是高中生活。

“你在我班上的时候藏了那么多的秘密，为什么自愿在同学面前念出你的优先清单？”我问金姆。

“大概是希望谁会注意到我吧。我没料到你会持续关注我，所以我把火柴给你了。”

“因为我注意到你？”

“对，你是第一个关心我，和我谈这件事的人，鼓励我不如试着好好活下去的人就是你。”

我问她是否仍会伤害自己。

“我给你火柴的那一天，就是我烧伤自己的最后一天。”她说。

金姆已不是我记忆中阴郁内向的女孩了。在我和她还有米琦琳共度的三天里，我们不时长谈，话题往往很私密。

“你好像真的很快乐。”我在一天早晨说。我们趁着她还没去星巴克上班，在咖啡的氤氲之中聊天，她说她最近当上了主管。

“我现在的人生很棒噢。”她说。“我去迈阿密戴德学院读书，拿到了副学士学位，转去读中佛罗里达大学，但是课程很艰难，后来我就没有读完了。我想离开佛罗里达，我认识了米琦琳。现在，我们在讨论明年搬到加州去。我们已经在一起一年九个月，我们的朋友说我们疯了，到现在还庆祝交往几个月的纪念日，但我们实在太幸福了嘛。”

金姆娓娓道出和米琦琳的第一次约会，是在塔可钟墨西哥连锁快餐店，我们捧腹大笑。“那是很糟糕的第一次约会。”她说，“米琦琳没说什么话，我只好自己讲个不停！”

“到塔可钟是谁出的点子？”我大叫。

“是我。”她说。

“第一次约会竟然去那种地方？金姆！”

“哎哟，我知道啦……”

我忍不住笑了，这个在我高中英文课上极其害羞的女孩，现在是最多话的人，她接受了自己的本性。听到金姆的家人也认同米琦琳、欢迎她停驻在他们女儿的人生中时，同等令人欣慰。他们打算在我告辞后不久，就一块庆祝佳节。

在我离开黑堡前，我们三人到附近的弗吉尼亚州萨勒姆参观迪克西洞穴，一起走下三百四十二阶潮湿的深色台阶进入山腹，是危险却刺激的体验。你拄着拐杖走走看！成群的蝙蝠在我们四周飞行，丝毫不怕人类。一只蝙蝠撞上我，差点让我滚下楼梯，但我稳住身体。当我们走到底部，大家都稍微放松了下来。我很开心能喘口气，我每走一步，痛楚都像火热的针从脚部蹿射到耳朵，但我仍然笑着看金姆和米琦琳乐在其中。她们很兴奋可以来一点和平日不同的活动，搂着坐在一块儿，构成一幅浓情蜜意的图画。在洞穴里半明半暗的深处，几乎看不见金姆的笑容，但眼前的景象足以令我也露出欢颜。

在我再次踏上旅程前，我问金姆要是她不曾鼓起勇气，透过优先清单披露自己的真面目，她的人生将会有哪些不同。“我很可能到今天仍会拿烟蒂烧伤自己。”她说，“你真的帮助我打开了心扉。”金姆的性倾向，甚至自残的真相，并没有在公开之后令她蒙羞。坦诚面对自己，公开秘密，反倒给了她解脱。

我走得越远，见到越多人，就越能接纳如今的自己。有一晚，我在前往另一个城市的火车上记起以前常指定学生阅读的励志作家南西·梅尔斯的文章，名为《身为一个瘸子》，在我给大学预科课程挑选的读物中，这篇遥遥领先受到学生的喜爱。我向学生介绍这篇文章的台词，我一向希望假如哪天我碰上了梅尔斯女士那样的苦境，我也能像她一样，用优雅、幽默、淡然的态度来面对。我自己的话在我心里荡漾着，我拿出计算机查找这篇文章，开始阅读：

> 首先，关于用词，我是个“瘸子”，我选择用这个词代表我。可用的词有好几个，最常见的是“肢障”和“残废”，但我挑了“瘸子”。几年前，我做了这个选择，并没有多想，也没有意识到此举的动机。即使是现在，我仍不确定自己有哪些动机，但我认识到这些动机很复杂，也不全然讨人喜欢。别人——不管瘸不瘸——听到“瘸子”这个词就害怕，听到“肢障”或“残废”却不会。或许我就是要别人害怕，我想要他们把我视为一个难缠的顾客，一个没有得到命运、神明、病毒善待的人，却能坦然面对自己生命的残暴实情。身为瘸子，我走路大摇大摆。

我也要大摇大摆。

当他问我是不是会烧伤自己，我错愕极了，他怎么知道的？但他就是知道，以前都没人那么关注我。知道真的有人注意到我，感觉很诧异，但好像也安下了一颗心。之后，我常常在他的教室一待就是大半天。他说，他有个朋友在回家过感恩节时向家人宣布出柜。他希望我明白，事情总会解决的，我不应该觉得可耻。我的家人必须适应我的真实样貌，我用不着迎合他们，他让我觉得我可以放心做自己，那很鼓舞人心，因为我燃起了希望，觉得说不定哪一天妈妈就会听进我的话。

他大致上还是老样子。他的记忆有点空白，动作也有点迟钝，但他依然拥有相同的机智、不怕做坏人的态度，心肠一样好到极点。你能相信他的手机铃声是《要是我有大脑就好了》[①]吗？我以前只认识身为老师的他，但能从朋友的立场认识他真的太棒了。

——**金姆·柯瑞克**

珊瑚礁高中／2006年毕业

---

①《绿野仙踪》电影中稻草人所唱的歌曲。

23 ·

我父母经营过一家旧书店，虽然我热爱文学是拜他们所赐，这家店的营收却不太好。在十二岁的时候，我得到第一份工作，是在馆子里打杂，之后断断续续在餐饮业做过不少差事，直到我第一天当上老师为止。我拼命工作来满足自己的需求，但我从来不把财富视为工作的主要目标。在纽约，我凭着做酒保的优渥收入读完大学（其实，我教书的薪水都没那么高），但做酒保没什么满足感。不管我在哪天晚上打电话请病假，自然会有别的酒保替我帮客人倒酒，或是别的服务生会替我端盘子。没人在乎我，根本没人会注意到我不在。

在我成为一名老师后，我马上发现了自己的金矿：一份令我感到充实、自豪、活得有目标的工作。而我的反馈，就是掌握每一个机会，灌溉我的学生们踏上逐梦之路的欲望，即使那条路不是康庄大道。身为他们的老师，我希望看到他们快乐地努力圆梦，眼里不要只有高薪。依我看，既然绝大部分人追求财富的终极目标是得到幸福，那么金钱似乎应该被视为一个媒介。反正他们去做乐在其中的事就可以换取金钱，又何必期望金钱为我的孩子们带来幸福呢？

有时候，孩子们苦于不知道自己想要怎样的人生，我就用一个虚构的命题来解释。我叫他们想象自己玩乐透，赢得了数十亿的奖金。“我敢说，你们会先去购物，”我说，“然后环游世界。”我带领他们想象那个情境，一路说到他们为自己及每一个心爱的人买齐一切想要的物品，全世界的美景与奇观也统统看遍了。之后，还剩下多到夸张的钱可以花，这时，我再问他们会做什么来填满生活，他们的答案形形色色。对于没有头绪的学生，我会抛出引导式的问题，诸如："你喜欢照相，那摄影如何呢？""你希望在这辈子达成什么目标吗？想不想得到哪方面的声誉？"多年来，我听过的答案从"我想教小朋友跳舞"到"我想去外太空"都有，包罗万象。最后，我问他们："既然你肯免费做这件事，让别人付你钱不是更爽吗？"我要学生们明白，金钱固然重要，却未必要为了赚钱而放弃梦想。我鼓励他们找出一份既能赚钱又能滋养他们灵魂的职业。

当然，有时学生来自重视金钱的现实家庭，家长会鼓励或命令小孩必须全心追求财富。安洁莉·坎莱尼是我2001年的学生。她们家是严格的印度家庭，极度重视男性的财务成功，但认为女性应该嫁进有钱人家。在高中时，安洁莉勉为其难地接受传统文化所裁定的命运，她打算当一个主妇，守着一个家道殷实的老公。但我看得出在她内心深处，这个计划令她痛苦不堪。她拥有增广见闻、好好体验这个世界的热忱，凭着她聪颖的天资，我知道她能对这个世界有所贡献。

我在带领有关财富的课堂练习时，常对学生引用梭罗在《瓦尔登湖》中写的一段话："我无论如何不会逼别人依循我的生活方式去生活。毕竟，说不定别人尚未熟悉我的生活方式，我就找到了其他生活方式。此外，我认为世界上不一样的人越多越好，但我希望每一个人都非常谨慎地追寻自己的生活方式，不要踏上他父亲或母亲或邻居走过的路。年轻人或许会从事建造、种植、出海的行当，只要别阻碍他去做自己亲口说想做的事就好。我们的聪明才智只不过是一个精准的点，一如水手或逃亡的奴隶时时注意的北极星，但那足以成为我们终生的指引。我们或许不能在可估算的区间内抵达港口，但我们将维持在真航向[①]之上。”

在私下谈话时，我鼓励安洁莉不要被家人的期许框住思考，我说：“你住在一个自由的国度，你应该善用这个机会！何不追求自己想走的路？”刚开始，我觉得安洁莉对我的说辞有点不感冒，认为我不了解或不尊重她的文化才讲那种话，但正是因为我深深敬重安洁莉，才会兴起要鼓励她的念头。

我一直很好奇如果安洁莉体验过这个大千世界，她还会不会委曲求全地去做一个家庭主妇。当我在十二月初旅行到东北部，到大西洋城拜访她时，我得到了答案，那是在超级风暴珊迪在新泽西海岸线肆虐之前的几个星期。

当时的安洁莉二十五岁，她出脱得就像是拉维·瓦尔马肖像画里的娴雅的印度美人。她最近从佛罗里达搬到新泽西，成为《大西洋城新闻报》的记者。我知道驱策新闻记者的主要动力是热血和好奇心，不是金钱，至少优秀的记者是这样，我立刻察觉到安洁莉是优秀的记者。有一晚，她告诉我：“我想去可以听到别人说出不同见解的地方。”这时，海滨木板道上一家闪亮酒吧的老虎机“哗哗”吐出代币给赌客。“我要他们分享他们对生活的感悟。我寻找那些报道，不做平庸的地方新闻，我想知道是什么东西在推动人心，推动世界。”

我向来欣赏出色的记者在报道时不被人牵着鼻子走，摇身变成我们这些人观看世界的镜头，这就是安洁莉每天在做的工作，记者的历练带给她体谅人

① 船只航向与正北方之间的夹角。

心、温文尔雅的雄厚本钱。从佛罗里达大学毕业后，她在佛罗里达州杰克逊维尔海滩的一家小周刊工作。“但我不能报道可以改变现况的事。”她说，“所以，我向《大西洋城新闻报》投履历，一个月后，我接到了电话。”

我们第一晚聊了太久，以致女服务生不时打断我们，问我们是否需要别的服务。“什么都不需要！”我说。我喝着威士忌，听我的旧学生说她报道普莱森特维尔的独家新闻。普莱森特维尔位于大西洋城内，每五个人中就有一个人生活贫困，犯罪率极高。“保证你不会相信，人们为了什么夸张理由杀人！”她说。我听着她说话，赞叹着坐在那里。我一直渴盼自己在旅途中成为一个学生，而我发现安洁莉是一位启发人心的朋友兼老师。

第二天下午，我们在她家继续聊。她住在大西洋城滨海木板道上一间简单、无家具的套房式公寓里，一头是颓废的旅馆和赌场，另一头是城里绝望的游民——鸟瞰人生中最大的财富与最深沉的哀愁。

“你要深入大千世界！”我说，“记者是令人谦卑的工作，你要凝视你不能窥见全貌的他人生活，然后转述你发掘的东西给我们听，而我们唯一知道的就是……”

“对，”她说，“就是我写的东西。”

“你提供信息给我们，我们依赖你，这是一项重大责任。”

“这让我有点愤世嫉俗。”她说，“我看到的很多报道我都觉得信不过了。太多记者没有老老实实地做事，没有尽本分，他们更在乎自己的看法，只问那些能让他们听到想听的答案的问题。”

“所以说，你得找出自己信得过的对象。”我说。

“没错。”她说，“我下笔必须力求诚实、精确，人家才信得过我，但我的事也说得够多了。”她记者的本性启动了，“和我聊聊你的旅行，蒙纳许，我有一大堆问题。”

“嗯，这趟旅行绝对在我的生活中掀起了美丽的骚乱。”我回答，“我凭着别人的一时兴起度过每一天。我唯一可操控的事是进城的时间，而且也不全然受我控制。我错过了来这里的火车，只好搭另一班车，这种生活和我在教书时掌控一切的日子截然不同。在课堂上，我决定我们要学些什么，怎么教，要花多少时间。我总是知道第二天的课堂上要做什么，现在我不知道在我们聊完天后会做什么，我一点都不知道明天会怎样。”

“那样很可怕吗？”她问。

“吓死人了。”我承认，“所以我不去只认识一个人的地方，不然要是那个人放我鸽子……确实有人放过我鸽子。比如，在新泽西，有三个人说要招待我，可是我真的来了，就只有你回应我。”

安洁莉的面色转为凝重。“什么？”她问，“怎么会有人这样啊？”

“因为在脸书上，要对一件两个月后的事说‘好啊，来啊’很简单，但突然间，一个眼盲又跛脚的家伙打电话说：‘好了，你有什么打算？’这时事情才变得真实。人家会说‘啊，我要出差耶’或‘我的小孩生病’，借口就出笼了，或是干脆不回我电话，但那都没关系。”

“不！”她叫道，“不对！这当然有关系，教书真是个没人感谢的工作。不知道学生有没有把你的话听进去，实在是烂透了的处境。孩子们来来去去，你都不知道谁学到了什么。这趟旅行是你……”

“话是没错，”我说，“我教的大学预科英文在学年结束时有一场考试。我会等着看考试成绩，我不用成绩评量学生，而是评量自己，如果学生的成绩很难看，我就是不及格。”

“但那和你没有半点关系！”她反驳。

“绝对和我有关。”我说，“我脱不了关系。既然我为你们的成就开心，你们的失败我也有份。”

“但我是那种不算好学生的小孩，而……”

“这时老师就派上用场了。”我说，“作为老师，有责任激发孩子们拿出好表现的动力。我不把孩子们当成接收我的教条见解、观点的容器。我只捧出教材，施展浑身解数，把教材变得有趣，吸引你们自己想要学更多。一个老师好不好，关键不在教材，远比教材更重要的是讲课方式是不是清晰易懂——以学生能够理解的方式传达内容。若说我有什么天赋，这就是我的天赋了：我知道怎么教，你们才会懂。”

安洁莉笑了。“这就带出了我的下一个问题。”她说，“这是你学到的东西，或者这是你的个性呢？”

这位年轻记者的本事真不是虚的，我想了一会儿才回答。“我从来没有教书教到倦怠。”我说，“能站在讲台上，我深感荣幸。不管我扮演的角色多么微小，我会全力以赴，对此，我很感激。我努力讨好我的学生，我想我激发了他们想要讨好我的心，于是他们也努力拿出好表现。”

“这是哪里来的想法呢？”安洁莉问。

“说不上来。”我说，“我真的不知道，但这是我唯一的想法。”

我离开大西洋城时，我知道自己会和安洁莉保持联络。我以前认定：穷人并不是指拥有太少的人，而是那些总是渴求更多的人。但是，安洁莉用言传身教彻底证明我错了，这位年轻女性想要更多历练，好为自己创造更多机会，更进一步改变这个世界。

我的困扰还不算独特——不容许女性打拼事业的极传统种族里的女性，都和我同病相怜。我清楚自己想在长大成人后拥有全职工作，但眼前始终有一条时间线。高中时，我以为自己会上班赚大钱，到二十五岁，然后"结婚（嫁给父母挑选的富商），安定下来"。我觉得只要有收入，存了一点钱，就能在人生的锁链拴住我之前尝尝旅游的滋味。

我不认为自己可以选择未来的路，但很多事（岁月及际遇）帮助我得到今天的生活。不过，我能成为记者是因为蒙纳许。我没有追逐财富，而是选择一件我将会（且至今依然）乐在其中的工作。我记得他坚称我也可以拥有事业，当他和我说的时候，我还想象自己会在今天这个年纪生下第二个小孩。他常说我住在一个自由的国度，应该善用这个机会。以前我会因为他"不懂"而觉得受到冒犯，我记得自己那时出言捍卫传统，说我尊重传统及家人。现在我变了，在两者间取得平衡。因此，蒙纳许，谢谢你的坚持，你把那颗种子种在我的心田，你是第一个和我说那种话的人。后来，有其他人步入你的后尘，灌溉那颗种子，于是，有了今天的我。

——安洁莉·坎莱尼

珊瑚礁高中／2005年毕业

24·

我上路已四十多天，前往超过十五个城市拜访学生，当坐在大西洋城巴士站等开往纽约的车时，却是我感觉最脆弱的时候。我的手杖在我旁边的位子上，背包在脚边，但我注意到坐在另一侧的男人脸上有三滴眼泪的刺青图案。我知道那表示这个人坐过牢，因此我提高了警觉，尤其是我看到他盯着我的背包。

这人靠近我，近到我不太舒服。他问："这根手杖哪儿来的？"我回答："是我的，我眼睛不太好。"他犹豫了一会儿，仿佛在思忖我的话，然后问："难道你不怕吗？""怕什么？"这家伙开始令我紧张了。"昭告天下说当警察找你去指认嫌犯，你没办法认出对方。"好，我和自己说，我想他在威胁你。我右手慢慢移向我皮带上的刀，我带着刀出门旅行，就是为了防范碰上这种状况。这位仁兄看到刀，立刻跳起来嚷着："哇，小伙子，不用拿出这东西吧。"我回答："所以，我们没有要怎样吧？"他说："对，没有。"

我渐渐成了经验丰富的旅行者，在我能力所及的范围内，谁都别想占我便宜。但我还没猛到可以把灰狗巴士一路堵车堵到曼哈顿的车程不当一回事。颠簸、走走停停的两小时车程实在让我的身体吃不消，巴士里那股发霉的老冰箱味道更是雪上加霜。有了这次经验，我发誓以后只搭火车。

在十二月十二日，当我抵达曼哈顿航港局客运总站，准备要到格林威治村一家叫"炖鱼锅"的酒吧和一群旧学生聚会时，我已经觉得自己这把骨头一碰就要散了。起初找路还算顺利，之后却找不到克里斯朵夫街，眼睛又没好到看得清路标，我好不容易瞥见一个站在角落玩手机的女人。

“不好意思，请问克里斯朵夫街在哪边？”我问。

“那边。”她说。她指出了方向，但我没有看到。

“对不起，是哪一边？”我重问。

我猜她看到了我的手杖，察觉我需要更具体的协助。“要不要我带你去？”她问。

“不用麻烦，帮我指出正确的方向就好。”我说。

我感觉到她将双手搭在我的肩膀上，将我转到克里斯朵夫街的方向。“在那边。”她说。

我向她道谢，往路上走了两步，又听到她的声音。“快停下来！唉，我带你去好了！”她嚷着跑过来，抓住我的左手臂。

“谢谢你，我叫大卫。”我说。

“你好，”她唱歌似的说，“我是杰西卡。”

我们漫无边际地闲聊，她带我穿越马路，沿着街道，走到酒吧，我的旧学生瑟吉欧·诺内加在酒吧外面等我。

“瑟吉欧，这位是杰西卡。”我说，“杰西卡，他是瑟吉欧。”他们握握手，她在我脸上轻轻亲了一下才走。

“你认识她？”瑟吉欧不敢置信地问我。

“不认识，刚才在那边遇到她的。”我指出方向。

“她是电视上的人！”他冲口而出，“就是《欲望城市》的电视剧啊！”

后来我才知道，这位助我一臂之力的女性，就是莎拉·杰西卡·帕克本人，世界闻名的《欲望城市》里的明星。稍早我还担心自己被陌生人占便宜（或甚至更惨的下场），结果城里的知名人士却伸出援手。更棒的是，我还免去了被出租车撞到的危险。

看到我教过的亚伦·罗克里夫也在格林威治村的酒吧等着欢迎我，我心里很高兴。亚伦是我1997年生平第一天教书时，醉醺醺地来上课的那个学生。现在他三十几岁，一开始我没认出他，但他成了我那天晚上的大恩人，他借我睡他皇后区公寓的沙发。

高中时，亚伦蓄着长长的油腻头发，总是穿着邋遢的牛仔裤和奥兹·奥斯朋演唱会T恤。现在他理着昂贵的发型，穿着锃亮的皮鞋和西装。

“不要这样打量我！”他在看见我时大声地说，“我下班直接过来的嘛。”

“瞧瞧你！”我说，抱着我的老学生，“一副主管的样子。”

亚伦还真的是主管呢，他在城里一家科技公司上班，他娓娓道出他从迈阿密到纽约的过程。“我的态度从那时候起就变了。”他说，“我以前会反抗体制，但现在我学会了接受体制，并且善用体制，从中取得优势。”

亚伦在高中毕业后就进入职场，在珊瑚礁高中转角的银行当柜员。“我常常杠上我的主管。”他说，“我把头发染成蓝色去上班！我不顾一切地试图引起别人的注意。”那正是我认识的亚伦，现在这个年轻人看来恰恰相反。“一天，”他说，“我对着镜子说：‘再这样下去，这辈子别想有出息了。’所以我从银行辞职，回去念书，进入科技业。”

“现在你变成一个生意人了！”我说。

亚伦令人惊奇连连。我以为他会窝在青年旅舍，不料他住在宽敞的公寓，家里有大量玻璃，看起来很时髦，而且纤尘不染，那是成年人的住家，不是我想象中的临时住处。

我们在他家的厨房桌子前坐下，亚伦卷起一只裤腿，让我瞧瞧我的旧学生没有全面放弃他的老样子。在他剪裁考究的灰色长裤底下，有一条腿覆满了奥兹·奥斯朋唱片封面的刺青，奥斯朋是他在珊瑚礁高中时最爱的乐团。“现在仍是我的最爱！”他开心地说。他播放金属乐的唱片，一连几小时，我们畅谈他最近听过的演唱会，还比较刺青，我给他看我胸口上的最新刺青：“我说了算。”

亚伦的记性和大象一样强，而在我造访期间，他聊着课堂上的往事，让我重拾我以为一去不返的回忆。我们提到了我要学生写的日记，他说他的日记还收在某处呢。他记得我忘得一干二净的写作练习，以及从我记忆中丧失的学生姓名。

我觉得好像重新认识了亚伦，他和高中时一样思想独立，但他也财务独立。他是活生生的矛盾集合体（白天是雅痞，夜晚是激进派），但这适合他。

我猜我不应该太惊讶这么多如今住在纽约的旧学生收入都不错，纽约毕竟是这个世界上的富裕之都。和亚伦告别后，我去布鲁克林区拜访阿尔方索·杜若，他大概是他们之中最富裕的一个。高中时，阿尔方索是运动员，脑筋很好。我会形容他是“典型的美国青年”，只不过他来自西班牙，对自己浓重的口音仍然有点不安。阿尔方索就是在我的班上看了他第一本大人的小说《哈克贝利·费恩历险记》。他对书中的深层内涵极有共鸣，我看到他的心智出现了新面貌。阿尔方索不但在那一整年进行了大量阅读，还成为高明的写手，高中毕业时，他决定要当运动记者。

身为运动员，阿尔方索已踏出成功的第一步，大学一毕业就找到体育类的撰稿工作。这些年来我们保持联系，我记得他曾写电子邮件告诉我，他要搬到纽约市，进微软公司当记者。这是他一边赚钱一边实践梦想的方法，但他的合约只有一年。他知道自己必须找一份薪资较高的工作，才能负担纽约的生活费，后来，他敲定了微软公司广告部门的职务，并在几年后转进谷歌。

当我们在我的旅途中团聚时，阿尔方索是谷歌的高级主管。若说他积聚的财产没有令我刮目相看，那是骗人的。他的房产包括两间富丽堂皇的布鲁克林顶楼公寓和一栋佛罗里达的房子。但是当我们促膝谈天，我看到他似乎还有些缺憾。阿尔方索承认尽管他喜欢谷歌的工作，也确实享受他赚取的金钱，但他在工作中没什么喜悦可言，大部分时间是在设计弹出广告。

“我整天都在创造大家一看就讨厌、心烦的东西。”他摇着头说，“我想到从你课堂上学到的东西，就是不要安于现状，去做自己想做的事。”

阿尔方索真的安于现状吗？他和太太正在考虑买下那两间顶楼公寓所在的整栋大楼，但阿尔方索说自己有更宏大的计划。过去一年来，他又开始接自由撰稿的案子，他的新目标是成为全职的自由撰稿人。“我对个人未来的整体规划，确实来自你的教导。”他说，“凭我现在的工作，我可以过阔绰的日子，事业非常成功。从事自由工作大概就不行了，但说到底，钱算得了什么？”

我在旅途中常常思考金钱的议题。在我觉得自己生活富足的那些时期，从来都与财务状况无关。除了购买此行的装备，我甚至想不起上次是什么时候买新东西。现在，我很满足地知道即使用全世界的金钱和我交换，我都不会割舍在这趟旅途中与我的死刑对峙的机会，一分一秒都不行。

在离开纽约前，我去史蒂芬·帕拉哈契家里做客。我对史蒂芬在我班上历久弥新的记忆，是我们上莎士比亚的《罗密欧与朱丽叶》时，他对爱的意义的精彩讨论。会把两个不顺从父母的小孩狂恋至死的故事列为大一必修的阅读教材，不可能只有我一个老师觉得很奇怪，但那一年我还是乖乖地教课。我会带学生朗诵里面的段落，好让他们融入故事，之后问他们若是碰上类似的情况，他们会怎么做。一天，我们在剖析阳台那一幕（“噢，罗密欧、罗密欧，为什么你要叫罗密欧？／否认你的父亲、舍弃你的名字吧，／若是你不肯，就发誓做我的爱人，／我就不再是凯普莱特家族的人。”），这引起了关于爱的探讨。虽然“爱”是孩子们都很熟悉的概念，但他们频频使用这个词，描述太多的感受及状况，以致它似乎失去了意义。他们很多人对于“爱”想不出一个能概括一切的定义，一个安全、简约的定义。注重经验的学生则思忖：“爱……对我来说是什么呢？”

史蒂芬是其中一位。他具有艺术气息又懂得内省，成熟度远远超越十四岁的年纪。那年在珊瑚礁高中，他迷上我们学校里的一名女学生，对方是美丽的野丫头法兰西丝卡·康特拉斯。在我们讨论爱的议题时，他举手发问：“如果只要知道你非常在乎的人很快乐，你就觉得满足了呢？”

我的回应是，至少对我而言，真爱不是名词，而是动词。“爱不是当你坐在场边观望、等待的时候，充填在你内心的感觉。”我说，“爱是一种强烈到推动你采取行动的感觉。话虽如此，你说的是天上地下最苦的滋味，你说的是暗恋之爱。”

不久后，史蒂芬和几个学生在午餐时间跑来我的教室小坐，爱情的话题又出现了。我和他们说，爱情像火柴，刚点燃的时候，火焰美丽而狂野，充满激昂的热情和火花。然后，感情就像火柴趋于平稳，你可以看到一根火柴稳定燃烧一会儿，但迟早会摇曳不定，这时你必须采取行动。你可以熄灭火柴，或是让火变旺，或是点燃另一根火柴，重新来过，但你的爱必然会驱使你做点什么。我经常带着深情和自豪说起宝拉，因此学生也问起我和宝拉的感情。我为他们描述自己在宝拉身边的行径，我们走路时，我总是稍微落在她后方，一只手出于护卫地搭在她的下背部。史蒂芬笑眯眯，好像在脑海里幻想自己与一个特别的女孩并肩同行。“对，那就是爱，”他说，“那是爱的行动。”

当我在纽约市与史蒂芬重逢，我看到了他在高中之后怎样定义爱。他发掘了对写作的爱，并将这份兴趣琢磨成真正的技艺，长年累月培养大量写作的自信，展开写作事业，成为羽翼渐丰的剧作家。一头栽入后，他就无法自拔地向前挺进，想瞧瞧自己的想法能发挥到什么程度。等待事业起飞的史蒂芬在一家时髦的鸡尾酒酒吧上夜班，做酒保的助手，他不单单帮酒保替酒吧补货、为客人倒酒，也投入他所说的“傻气又美丽的矛盾”，也就是精心重现百年前的鸡尾酒，手艺相当厉害。在我拜访他时，他为我调配这种酒，一杯含苦艾酒、苦精、黑麦威士忌的萨泽拉克鸡尾酒。他一边调酒，我们一边聊着往日时光及他的新兴趣。

当我们在史蒂芬布置得匠心独具的威廉斯堡公寓消磨夜晚，我和他可爱风趣的女友卡罗林一块浏览他包罗万象的电影收藏。我们三人聊着我们对勇猛的犯罪电影的共同热爱，我赞叹史蒂芬的热忱之深、知识之广，但我更钦佩他与卡罗林的心有灵犀。史蒂芬握着她的手，卡罗林则眼睛发亮地凝视他的眼睛，以令人爆笑的毒舌话语接完他的句子，他们在彼此身边颇能放松，但两人之间的交流却是鲜活的。

我和史蒂芬的对话比较有头脑，但是我向他学习新知识，真的很快活。我告诉他，我第一次看《落水狗》是在1992年的纽约安吉莉卡戏院，同时接待两位备受呵护、拘谨的瑞典籍打工换宿学生，史蒂芬跳起来补充导演昆汀·塔伦蒂诺的制作公司就叫作“法外之徒”，是向让·吕克·戈达尔的新浪潮经典电影《法外之徒》致敬呢。

“你看过吗？”他问。当我承认没有后，他将电影接到计算机上，我们三个就窝在他棉絮塞得太充实的沙发上说话，喝着萨泽拉克鸡尾酒，观赏这部二十世纪六十年代的黑色电影。那是很完美的夜晚，直到后来我身体不适。我从还没上路旅行之前，一天至少会有两次严重的恶心。发作时，我嘴里会有种粉笔末的感觉，充满金属味，尽管身上在冒汗，整个人却发冷。我知道自己必须找个地方躺好，闭上眼睛，等症状消失。当我在史蒂芬家发作时，我躺在沙发上，直到早晨才醒。

我醒来时，史蒂芬和他的女友已经走了，我发现自己的脑袋底下枕着蓬松的枕头，身上盖着一条温暖的法兰绒毯子。当我往下看，发现身上穿着不属于我的舒适睡衣。我兀自发笑，想着：“嘿，这才叫爱的行动啊。”

趁还来得及，去跟最爱的人说你爱TA

事隔两年（在课堂上讨论《罗密欧与朱丽叶》），法兰西丝卡和我陷入热恋，在短暂的六个月期间，我们令彼此快乐。那时候，我对于爱这件事，仍然怀抱高不可攀、空洞的概念。要是蒙纳许再问我一次那个大问题——“爱是什么？”我想当年的我应该还是会困惑茫然，试图从近似的其他感情中挑出一个来定义一种我大概只在亲人身上体验过的感情。

不过，有一个他描述的情况深深引起我的共鸣，那不是课堂上的唇枪舌剑。依我的印象，那必然是午休时间，我和几个人和他聊他与宝拉的相处情形。他描述自己怎样时时保持警醒，走路时稍微落在她后方，确保她绝不会遇到危险。我想过她应该根本没有发现到吧，我觉得那是一种无条件付出关爱的行为。

大部分人都把生命中那些痛苦、骇人的层面摆在人生中的黑暗区块中。蒙纳许不仅直视黑暗，更蓄意走过黑暗，进入未知，我认为那很英勇，同时是对生命、对别人的另一种爱的行动。

——史蒂芬·帕拉哈契

珊瑚礁高中／2006年毕业

25 ·

我把我的刺青视为一种透过身体来表达自我的方式，就像是视觉所见的诗词一样。有了我量身打造的刺青，我的身体就和全世界的人们都不一样，每一幅刺青都诉说着我的个人信念和人生体验。无论是我左前臂用来纪念少年时代哥儿们情谊的简朴黑色四十五转唱片转接头，或是右前臂的糖骷髅头，我的刺青就如同我的疤痕，透露了一点点我的真实本色。

我左腿上的刺青是我最早刺的，刺得超烂的。我十六岁的时候，我的朋友格雷格用我的身体来试验他的手艺，他之前只有拿猪皮练习刺青。他先刺出我绘制的图腾图案轮廓，差劲到我坚持接手，自己上色。但我也没帮上什么忙，色彩浓淡不均的，这边缺一点，那里少一点，有点灰扑扑的，是个拙劣不堪的刺青。在迈阿密，我的学生可以在跳蚤市场刺青，没人会要求他们出示年龄证件，但我会告诉学生，刺青之前好歹要想清楚。“别刺你事后会反悔的图案。”我总是这样对他们说，“务必挑个附带美好故事的图案，因为你这一辈子都得不断地重复说着那个故事。”

其实，尽管第一个刺青很糟糕，但我真正懊悔的刺青只有一个。在诊断出脑癌后，我和一个朋友开车四处绕绕，觉得焦虑又无聊。那阵子，我看的书是关于卓越的哲学家马可·奥勒留及斯多葛学派的哲学，希望学会勇于面对疾病，克服病魔。当我们看到一家叫地狱城刺青馆的店面，我心血来潮，决定在手心刺一幅象征斯多葛学派的燃烧火焰符号。手掌和脚掌的皮肤其实不该刺青的，但我那时候不知道，到了那天晚上，它已经开始走样、褪色。我觉得自己需要重现那幅刺青的情操，所以我在最常出现在我视线正前方的右腕，刺下“要勇敢”三个字。后来，当疗程明摆着没有效果，医生又坚持要我尝试实验用药时，我在胸口刺了“我说了算”。

但我想，我最喜欢的一个刺青，应该是在癌症确诊一周年那天刺在背部的刺青，那是当时谦逊耗子乐团发行的一张专辑封面，上面有一个热气球拉着一个船锚的图片，是挣扎与求生的意象。随着旅程接近尾声，我真心觉得自己活出了这幅刺青的精神。

我在纽约与亲友度过清静的佳节，就像是一起过犹太教光明节和圣诞节那样，然后又上路了，这次前往新英格兰的南部。此时宝拉在佛蒙特的娘家，她是在那里过节的，但是当我问她能不能见面，她说那不太好吧。我的直觉向来敏锐无比，对爱情却显然没辙。我仍然希望我们可以重修旧好，有什么比在新年团圆更好的呢？但宝拉似乎渐行渐远。因此，她返回佛罗里达的家，而我搭火车去罗得岛州的普罗维登斯。

我在12月31日星期一抵达，一场暴风雪刚结束，城里的积雪及膝，美是很美，却冷得要命。我的学生劳拉·达曼在车站接我。路边的雪堆很高，在前往她家的车程中，我觉得我们好像在雪橇的雪道上。

劳拉是我2006年的学生，亦即我诊断出脑瘤的那一年，在那个学年的尾声，她父亲被诊断出得了前列腺癌。她介绍我和她父亲两人认识，在很多层面上，我在他的身上看到了自己的影子。保罗患病已久，约十年前动了脑部手术，来缓解癫痫的症状。他长得虎背熊腰，吵吵闹闹的性子也和我差不多，我们各说各的笑话和故事，两人都毫不自怜。我觉得，若是有人可以击垮癌症的话，那一定就是保罗了。

劳拉毕业后，我们失去联络，我不知道保罗是不是还在人世。在我们见面第一天，她母亲和姐妹就到劳拉家找我们，我们都坐下来喝热茶，我看到对面墙壁上有一张保罗的照片。“他过得好不好？”我问。她们说他在一年前过世了。他的健康慢慢恶化，逐一丧失各项能力，到了后来，他得穿纸尿裤，一夜醒来好几次，痛得大叫。我很难过她们都经历那番折磨，也歉疚自己活着站在她们面前，而且健康状况相对来说算不错，但我最强烈的感受，就是我瞥见了自己的未来。

隔天，劳拉问我想不想和她的家人到附近的高尔夫球场玩雪橇，我立刻把握这个机会。我在佛罗里达南部住了将近一辈子，一只手就数得完我坐过几次雪橇。高尔夫球场我也只去过一次，那时我只是一个佛罗里达的青少年。有一晚，我和几个朋友利用让点火装置电线短路的方式，启动几辆高尔夫球车来开。

普罗维登斯的高尔夫球场有几座很大的山丘，我们一伙人轮流坐上类似垃圾桶盖的光滑塑胶盘，一边往下溜，塑胶盘就一边旋转。我只能用右手握紧，其中一次，我被地面的凸起处弹飞，手抓不住，凌空而起，后脑勺重重地落地。当我回到劳拉面前，我看到她眼中的恐惧。我的头颅在抽痛，八成有轻微的脑震荡，但知道自己不久人世最棒的一点，在于你不会继续在意这种小事。几个月前，我向杜克大学医院的医生询问我能不能抽烟，他说：“就算你今天得了肺癌，脑癌大概会先要了你的命，所以，有烟的话就抽吧。”

那天，玩雪橇就是我的尼古丁，我一遍又一遍滑下山坡，后来又撞到头，但仗着最初激发我踏上这趟旅程的莽撞放纵享受每一刻。墨西哥革命者埃米利阿诺·萨帕塔说过一句名言："宁可顶天立地而亡，不愿跪地乞怜而生！"

在雪地里，我们的帽子冻得像硬壳一样，而我们的手指和脚趾终于冰到不能动，于是我们回到劳拉家里。劳拉帮我们泡茶时，我注意到她的书架上有一本肯·凯西的《飞越疯人院》，这是我最喜爱的书之一。我的学生们往往都很爱这部小说，可能和我对它的炽烈情感不无关系。我从字里行间找到无数的教诲，尤其是与我人生相关的主题：顺从、独立、胜利。被拘禁在精神病院里的叙事者酋长，与邪恶的护士拉契特对抗，只为了主宰自己的心智。他的做法就是假装自己又聋又哑，虽然这是小小的胜利，但胜利就是胜利。当他的朋友麦克·墨菲动了脑叶切除手术，无法再控制自己的心智，酋长为了解放他而闷死他，接着打破窗户，逃出精神病院，就重获了自由。

"我从高中起就有这本书了。" 劳拉在我指出这本书时说。

"你还记得大概的内容吗？"我问。

"我还很爱那些角色呢。"她回答。

我告诉她，我在将这本书推荐给学生之前搜查资料时找到一个故事。书中角色麦克·墨菲的刺青图案是扑克牌的两组对子，两张黑色的A和八，据说在1876年，狂人比尔·希考克[①]在8月2日（我的生日）被人开枪打死的时候，手上就拿着这一组牌。自此，这组牌就被称为死人的手牌，以纪念希考克。我在

① 1837—1876年，美国西部传奇人物，神枪手兼杀手。

踏上这趟旅程之前，在前臂刺了这个图案。我挽起袖子给她看。“它代表我在确诊后的处世之道。”我告诉她，“你控制不了别人发给你什么牌，只能掌控自己怎么出牌。”

趁还来得及，去跟最爱的人说你爱TA

我高一的时候怀孕了，我打电话问他该怎么办。他告诉我，我得坐下来告诉父母。我害怕得不得了，但这是个好建议。我在一个月后流产，但我依然听从他的建议，之后，我没有欺骗过父母。他是对的，给父母应付真相的机会，让我们的亲子关系比以前更亲密。

——劳拉·达曼

珊瑚礁高中／2008年毕业

26

在西行到加州之前，我在波士顿停留，和那边的几个学生见面。不管到了哪里，孩子们都是临时接到消息，就从百忙之中拨冗见我，这件事总是让我很惊讶。我放出风声，自然会有人来，在波士顿时也是这样。克莱尔·孔特雷拉斯（她上过我的课），她的姐妹法兰西丝卡，另一位旧学生马丁·鲍尔斯和我在科普利广场附近的酒吧碰头。她们告诉我她们高中之后的生活时，我们注意到我们面前的木桌上刻满了人名、姓名缩写和聪明的话语。我在这趟旅行中全程都带着刀，因此我们一边聊，我一边拿出刀子，在桌面开始刻这句话："不久前，我来到这里。"于是她们接力刻字，最后一棒法兰西丝卡以"我也是"收尾。

每一位旧学生见到我，第一件想做的事十之八九是和我这个老师喝一杯。这是对他们意义重大的仪式，所以我一定会答应他们的要求，明白这能帮助他们在我面前感到自在。这种场合通常会持续到深夜，因为每个人都忙着和别人叙旧。真的形同办了几十场迷你聚会，每一场我都爱死了。我们一边喝东西，克莱尔一边开始回忆十五年前的我。"你非常活泼有力又激昂，但也很强势。"她说，"我记得你踱来踱去，讲话有种急迫感，你要求我们专注。记得修正液的事吗？要是谁在上课时睡着，你就在他的鼻子上涂修正液。""这种事还是别记得比较好。"我说。大家都笑了。

"你是人人都想要的老师。"法兰西丝卡说，"以前克莱尔每次回家都会蒙纳许长、蒙纳许短的。‘蒙纳许和我说到杰克·凯鲁亚克’，再来她就和我聊她在看《在路上》。她确实深受启发，然后我忽然想到，从来没有哪个老师对我影响这么大，我好忌妒。”

我问马丁她上课时印象最深刻的是什么。“我来的路上才在想呢。”她说，“就是上了你的英文课，我才会考虑写作。你最早给我们的那些作业里，有一次是做自传画报，我做得很开心。”自传画报是我在学年开始时交代的作业，我请学生们为生命里的十大重要时刻各配上一张图画，附带文字描述。“做那份作业时，我开始想到每个人都有自己的故事，连当年十三岁的我也不例外。我清单中的每一件事都有一个故事。我心想，既然我有十个故事，别人也会有。”

马丁说有一次她来问我，能不能以学校里某位怀孕的学生为主题写一则故事。她说，她很惊讶我鼓励她写下这个具有争议性的议题，期许它能帮助她的同学体会到怀孕少女的处境。结果，这篇故事在准妈妈及马丁的班上都一炮而红，马丁赫然看见自己以文字打动别人的能力。最后，她抱着当记者的志向，就读耶鲁大学。

大学毕业后，她在《波士顿全球报》任职，诉说别人的故事。“我好爱我的工作。”她解释道，“记者真的是一个相互扶持的族群，一个对说故事及写作过程都热情洋溢的大家庭，而你就是那种人。语句能不能鲜活起来，全关乎抑扬顿挫和遣词用字。”

我就招了吧，我好爱听这些事。即使是濒死之人，也需要喂养自己的自尊，我因而听到了一般只有在人死之后才会说出的事。莎士比亚在《凯撒大帝》里写得很好："人的恶行在死后犹存；善行则随着人死而入土。"我要在这些好事随着我下葬之前把它们听上一遍。

第二天晚上，我们一伙人再度出门，我一直保持联系但多年未见的高中朋友朗尼也来了。朗尼认识的我，和如今我仍在这些女孩们心目中维持的老师形象天差地远，但在我们把酒言欢、重叙旧情之余让两个形象融合却棒呆了。朗尼为我的旧学生们讲述我在穿着破牛仔裤、带着一块滑板的叛逆坏小子时期的丢脸事迹，逗得她们讲出更多我上课的糗事。

"我记得你打坏桌子那一次。" 克莱尔说。当时我想要向学生强调一个观念，于是讲课讲到热血沸腾的我一拳打在桌面上，一条桌脚就脱落了。

那晚散会时，我们站在停车场道别，每个人都祝福我往西走的漫长旅途平安，这时宝拉打了电话来。

她在老家过圣诞节已是两星期前的事。我们别扭地寒暄后，我感觉得出她有话要说却难以启齿，我试着协助她说出口。

"你想我吗？"我问。

她停顿一下。"我怀念和你说话。"她说。

"你在我离家之后，生活比较愉快吗？"

"这个嘛，"她说，"压力小了很多，我完成了很多事。"

"你希望永久这样下去吗——就是没有我的日子？"

"我不知道。"她说。

"你不知道？"

她沉默良久。"我得想一想。"她最后说。

我等了几天，又打电话给宝拉，我等她做出决定等得心急。不在宝拉身边的这段日子里，我察觉我不要婚姻就此结束。不知何故，不管重修旧好的机会多么渺茫，我一直盼望能够挽回她。我们在一起都二十三年了，大半时候是夫妻，那么多事都同甘共苦啊，我告诉自己，一旦返回佛罗里达，我们就能修补我们之间的问题。

“我得知道答案，宝拉。”我在她接起电话后说，“你要永久这样下去吗？”

“对，我想是。”她说，声音平静却坚强。

我弯下腰，活像被人踢中肚子。“这不是我要的。”我说，“求求你……给我另一个机会。”

她说：“对不起，已经太迟了。你要的太多，我给不了。等你结束旅行，你得找个地方搬出去。”

我觉得自己好像被抛弃在沙漠之中，没有食物和水，一个瞎了眼睛又跛脚的人，要怎么重新来过？我不想知道答案。

27 ·

在前往芝加哥的火车上，我看着我的在线“住宿提供名单”，可是不认得主动让我借住的学生名字。我在自己的破烂脑子里苦苦搜寻关于丹妮尔·刘的印象，但怎样都想不起这位学生。我想上脸书搜寻我的记忆，但我却完全不记得她，所以我就索性和她约定见面的细节，也没透露真相，觉得反正师生重逢后，记忆自然就会回来了。但是，当她在美国铁路公司的火车站接我时，我看到的却是一位陌生人。

我认定这是我记忆受损惹的祸，糗到不敢问她怎么认识我的，就坐进她的车子里，在她载我游览芝加哥的车程中不时点点头。她花了几个钟头，带我看威利斯大厦、汉考克中心及在碧蓝色密西根湖边的海军码头，最后带我到她家。但即使和她共处这么久，依旧没有勾起我一分一毫的印象，我觉得自己窝囊极了，丹妮尔收容我，还陪我参观她的城市，我却连她是谁都记不得。共度一天之后，要问也太迟，要对她说出实话又让我感到很不自在，但好不容易，我的一个问题让真相大白了。“你在我班上读过的东西里，你还记得什么？”我问。“噢，我是念珊瑚礁高中没错，但我没上过你的课。”丹妮尔沉着地回答，“我听朋友说到了你的旅程，我就想要帮忙。”

第二天，丹妮尔告诉我，她一直想去威利斯大厦顶端的天空观景台却鼓不起勇气，直到她听说了我的故事。“你启发我要冒冒险，活得充实一点。”她说。当她告诉我，那是西半球第一高楼上突出在外的一个玻璃阳台，我立刻答应奉陪。当我的新朋友和我搭电梯到103楼，我们的耳朵里砰砰响，胃往下坠。我心惊胆战，小心翼翼地踏到玻璃平台上，迷你车辆在我们脚下一千三百五十英尺的瓦克尔大道上慢慢爬：不论在实质意义或象征寓意上，我都站在世界的顶端。在那痛快淋漓的一刻，我没有癌症；我有一个朋友、一场冒险，还有一股自主与接纳的美妙感受。我觉得整个人都活了过来，健康、正常。

我在芝加哥的停留很短暂。在离开前，我还在一家烤芝士三明治的馆子见了以前的学生凯特琳·弗林。凯特琳来自有严格道德规范的虔诚天主教家庭，因此我很惊讶她在高中的优先清单中，将“隐私”列在“灵性”之后。她私下告诉我，由于天主教偏离迈阿密的主流太远，她总是以自己的宗教背景为耻。所以，她会默默坐在课堂上，时刻担心她的信仰遭到同学讪笑。她是个有深度的人，却不愿意和人分享她灵魂及灵性的真正深度。

我总是鼓励学生们要考虑就读离老家远一点的大学，以脱离自己高中时代的影子，寻找自我，每次哪一位学生勇敢踏出这一步，我都雀跃不已。

凯特琳是接纳我建议的学生之一，她没有在佛罗里达读大学，千里迢迢去了印第安纳州，就读圣母大学的圣玛利学院。离开了住在较小城市的家人后，她觉得可以完全自由地改头换面，以自己的步调深入探索自己的宗教信仰。她每个星期告解好几次，在告解室的隐秘空间中得到慰藉，开始慢慢地真正接受自己的宗教。大学毕业后，她搬到芝加哥，为自己建立美好的生活。

我很赞叹凯特琳如今远比在迈阿密的时候更自信、自在。她细细诉说自己的信仰，我感觉到她已成长为有着深刻灵性的年轻女性，具有铁打的内在力量。她自立自强，并且发现自己最快乐的时光，其实是和上帝沟通的时候。

我自幼接受犹太教的教养，但一直都不虔诚。我母亲在第二次世界大战的集中营诞生前几个月，她的父母从波兰的家中被带走，父母被拆散。我外公不久便脱逃，开始从事对抗纳粹的地下运动，而我有孕在身的外婆则被送去俄国的劳改营。她被迫为纳粹军人制作军装，她和其他女人必须完成规定的产量，才能分配到少得可怜的食物。其他女人经常自己饿肚子，偷偷将她们的食物分给我的外婆，而她们第一次达成规定工作量的那一天，刚好是我母亲诞生的日子。由于依地语[①]的“配额”是 norma，于是 Norma（诺玛）就成了我母亲的名字。

尽管这个故事的结局堪称圆满（我母亲和她的父母都保住性命，在战争平息后不久团圆），我母亲幼年的经历令她对宗教多少心怀憎恨。她见识过太多将宗教视为至善而可能付出的终极代价，我认为她将那种立场传给了我。

但我由衷相信，无论如何，神不可能会有害我生病的兴致或恶意，正如梅尔斯在那篇瘸子的文章里所言：“ 我一点都不喜欢‘肢障’，这个词意味着我被刻意安置在不利的处境中，我根本想不出谁会对我做这种事（我的上帝才不是给人降下不利条件的大统帅）。”对我来说，相信我的肿瘤是个人行为导

---

① 即犹太语，是中欧和东欧大多数犹太人的主要语言之一。

致的后果还比较简单。我相信神就在我们每个人的心中，神圣干预[1]都掌控在我手上。我只要知道怎样借助神的力量就好，谁给了我理解该怎么做的工具？我不知道是大自然或父母或社会或上帝自己，但无论源头是什么，它都供养着我。

①指神干涉人间之事，降下奇迹，扭转乾坤。

28

我在芝加哥时，温度在个位数之间徘徊，越往西边就越冷。由于前往明尼亚波利斯市的预定火车车程比八小时还要久一点，我就乐得把握下车伸腿的机会。其中一个停靠站，大约是在这趟车程的半路上，天知道那是哪里。当车长嚷着“大家都上车”，我站的地方离火车很远，那时，我知道那句话通常是指在十分钟内“大家都上车”，于是我悠哉游哉地起身，举起了手机，拍摄车长站在门口的照片——镜头看起来很棒。正在拍照时，他对着我吼：“你在外面干吗？快上车啊！”我还没反应过来，火车就驶离月台，我以最快速度一跛一跛地蹦着，手杖前后剧烈摆荡（我的东西都留在火车上），车长冷冷地瞪我一眼。距离火车不到一英尺时，我意识到机不可失，便伸出右手抓住了金属扶手，使出全身力气将自己荡到行驶中的火车上。

噢，这还不是这趟路上最赞的部分。

火车继续行驶，还有四小时就要到明尼亚波利斯市时，我到餐车的车厢吃晚餐。餐车使用的是长形餐桌，我在一位壮汉旁边一屁股坐下，原来他要到双子城的卡亨湖冰钓一星期，他让我想起了在中西部遇到的许多人，热忱但不是过度健谈，这我可以接受。然后我的食物来了——煮得宛如橡皮的鸡——因为我不能同时握住刀子和叉子，要我切肉真是折磨人。我用健康的那只手持刀插进鸡肉，以此为支点，前后摇晃刀子，试图切下一块尺寸合适的鸡肉，鸡肉几乎不动如山。我正要放弃时，我的冰钓好朋友突然出声了，他说：“来。”便从包包里抽出一把闪着银光的小斧头。“我帮你。”他将小斧头举到肩膀高度，灵快地向下一击，“唰！”我的鸡胸从正中央被劈成两半。“嗯，”我试着装出淡定的样子，“你都是这样切食物的吗？”

好不容易在明尼阿波利斯市下火车，我拍了一张有显示温度的照片：零下十八度。老友杰弗里（我们曾经是同事，很久以前都在纽约当服务生）很好心地提供了我住宿的地方。第二天，我们开车到卡亨湖瞧瞧能不能找到火车上那位朋友，但湖面广大，冰钓客也太多了。我站在酷寒的明尼苏达州野外的冻湖上环顾四周，想着怎样的人会喜欢在冰上凿开一个洞，坐在零下的天气里钓几条鱼？但我猜答案就在自己眼前。

虽然我住在杰弗里家，但在短暂的停留期间，我大半时候都与一位名叫埃米莉的旧学生共度。她是我第一年教书时的学生，那时埃米莉向我吐露她时常觉得寂寞。当时我太年轻，没比她大多少，也不知道能怎么帮她。因此，我告诉埃米莉，我习惯在快要半夜的时候去外头赏月。知道无论我在哪里，面临什么情况，几百万个其他人也在同一时刻望着同一个月亮，总是能令我感到慰藉。我告诉埃米莉，如果她这样做，她永远不会孤单。

于是，我们在明尼阿波利斯市看了月亮。

在一家当地的餐厅酒足饭饱后，我们站在外面的停车场，聊着我去过的地方以及还想去的地方。埃米莉承认有时候她依旧感到孤单，现在我比较了解那种感受了。我们想起了我的赏月仪式，于是仰望天空——一个老师和他以前的学生，那一刻我们彼此宽慰，心里都明白，无论生命将我们带向何方，我们都可以仰望月亮，在月亮上找到彼此。

我高中毕业时，你说只要我需要你，都能在晚上的月亮找到你。每天晚上十点到十一点，你都会看着月亮，而我可以在那里找到你。过去十一年来，我在月亮上找你很多次，每次都觉得受到抚慰。

谢谢你在我高中时代为我所扮演的角色，及你在那之后每一天扮演的角色，你温柔、慷慨付出的心打动了几百人的心，我不知道你怎么办到的。我一直以为自己与众不同，以为你我之间有一种特殊的情感联系，但我醒悟到对于所有以相同眼光看待你的其他学生来说，你是同一个蒙纳许。你在我纪念册上写的话将会永远陪伴我。我记得你说你不知道要写什么，你想要单纯地看着我，让话语自动浮现在脑海。你望着我，甚至没有看着纸，就这么写下："在此我要试着写下所有没有言明的话，这则留言是关乎没有说出口的关爱、坚定不移的情谊及如今的深切思念。这段话这么难写的原因，大概是我真的不希望就此与你告别，但你也知道，万事终将结束。尽量保持联络，但我知道我会想念你，拉拉玛小姐，我会永远想念你。爱你的大卫·蒙纳许。"

——埃米莉·拉拉玛

珊瑚礁高中／2000年毕业

29 ·

2013年1月26日，五十二小时的火车行程始自明尼苏达州，穿越壮丽的遥远北方——北达科他、怀俄明、华盛顿，然后从奥勒冈转为南下，抵达我的最后一站——加州。车程长之又长，而且火车还误点，下车时我分不清东西南北，人也累了，但这时我听到熟悉且旋律优美的声音嚷着“蒙纳许”，我瞬间恍如回到了教室。一转身，就看到学生蒙娜·塔贾里奔向我。“蒙纳许！”她又叫道，亲热地把我抱个满怀。

那时候，当蒙娜在我班上时，她和母亲刚到美国来，她们是来自伊朗的政治难民，不久前她的哥哥才死于伊朗当局之手。她亲身体验到女性在父权社会面对的挑战，虽然她在自己家里是个强健的女性人物，但她知道自己的文化期许女性该有什么样子。在青年时代，蒙娜温柔顺从，待在家庭的私人领域。在1997年，当她到了我班上，她非常害羞，努力地在自己的文化及新国家对女性的期许之间取得平衡。

我明白蒙娜为什么对一则短篇故事心有戚戚焉。我们看的这篇故事叫《黄色壁纸》，作者是夏洛特·帕金斯·吉尔曼。《黄色壁纸》说的是一个十九世纪的女性因为治疗“歇斯底里症”而遭到监禁，在那个年代，“歇斯底里”一词是女性精神疾病的统称。我们讨论这篇作品时，蒙娜大概是第一次从西方女性也曾被男性主宰、被父权统治的叙事角度，发现故事和她的人生经验很相像。阅读这本书的成果在于，最后，这位貌似软弱无力的女子，以其写作及充满创意的心灵战胜了低声下气——她自己的独立思考终究让她得到“自由”。

现在，蒙娜的婚姻幸福，还有个八个月大的儿子班尼，同时是博士候选人，钻研人类学，研究重点是中东文化里的女性。她与一个组织合作，该组织撰写并举办反对贬低、压抑女性的工作坊，让想改善个人处境的女性提升自觉。她甚至和他人合写一本关于国会两性比例的书，目前已被译成了五种语言。

蒙娜在火车站接到我以后，就驱车直奔金门公园。我在三个月前启程时的目标是横跨美国，要是我能以残余的些许视觉看到太平洋，我的目标就会圆满达成。当我坐在那里，凝视着在梦里眺望过很多次的宏伟的金门大桥和太平洋的靛蓝海水，我觉得头晕晕的，感受到令我沉醉的纯粹胜利感。“我办到了。”我说，“我办到了。”我真的办到了，我办到了把癌症偷走的自信拿回来的目标。

锦上添花的是蒙娜在那一刻站在我身边，她活出了我对全部学生最大的希望与梦想。

离开加州之前，我还有再拜访最后一位学生的机会，她是一位前程不可限量的女孩，我甘愿延后返家的行程，好和她叙叙旧。艾丽·奥坎波是那种以不安全感和羞怯掩饰潜力的孩子。在班上，她常被自己的想法吓到，以致说话结结巴巴，人就越来越内向。一天，我们举行一场模拟辩论会，艾丽急着要说出话，就口吃了，言辞错乱起来，有几个学生开始窃笑，我喊道：“暂停辩论！”我在倾盆大雨中跑去我的车子，在几分钟后回到教室，整个人湿嗒嗒地拿着一颗某次化疗时医院给我的红色泡棉舒压球。我把这颗球交给艾丽，她以看到疯子的眼神望着我。“捏个痛快吧，”我说，“然后讲出你要说的话。”你猜猜怎么着？那颗球发挥了神效。

直到那个学年结束，我都把那颗球放在我桌子最上面的抽屉，每次一上课就交给艾丽。她会一捏再捏，捏到她能够定下心发言为止。学年终了时，她已是荣誉英文课里口才数一数二的学生。不久，她就到波士顿就读著名的伯克利音乐学院。她高中毕业时，我送她那颗红色舒压球，作为我以她为荣的证明。“你创作音乐的时候可能会想用这个。”我说。

当艾丽打电话问能不能趁我在西岸时见个面，我哪能拒绝。我延后返家的行程，到她位于好莱坞山的美丽住宅见她。原来，艾丽是一个热门乡村乐团的主唱，收入颇为丰厚。她的音乐家男友是个名叫贾许的吉他高手，他们俩随着他们的乐团巡回表演，录制音乐到深夜，与迷人的艺术家与摇滚明星往来。

见过面后，艾丽开车送我到机场，我很难过旅程结束了，又要与一位学生分离。为了不让我们两个情绪太低落，我唱着《生皮鞭》[①]的主题曲：“集中牛群，赶它们出去，抽鞭子！”我像举着长矛一样举起我的手杖，她则推着坐在轮椅上的我穿过航站楼。她嚷着：“你会害我们被警察逮捕！”我们都爆出大笑。

安检人员允许艾丽将我推送到登机门。在道别之前，她从皮包里拿出那颗

---

① 克林特·伊斯特伍德主演的美国经典西部电影。

红色的舒压球。“自从你给我这颗球，我大概搬过五次家，到现在我还是收着它。”她说，“偶尔碰上压力很大或很焦虑的时候，我都会用一下。”

“哇，真是想不到，”我说，“出人意料。”

我的学生们都很有出息，成为人夫、人妻、父母、华尔街银行家、博士候选人、政府人员、移民局官员、作家、教师、律师。我忍不住要想，自己拿到了老师的黄金门票。在我刚起步的“菜鸟”阶段，就进了全美第一流的高中，在十五年的岁月里，教导求知若渴的学生。在我旅行期间，我不再为人师表，却变成学生，透过我的孩子们见识到种种崭新的领域及阅历。对我来说最重要的是，我有缘目睹他们每个人身上依稀带有往年在我班上的微光和影子。

如今，我的学生们看到了我真实的样貌，瘸得厉害，拄着盲人的手杖，意外踩到他们的宠物，撞上他们的孩子，打翻他们的贵重物品。尽管如此，他们款待我、接纳我，不在乎我的身体状况和行动不便。在他们身边，我仍是他们的老师，是他们爱戴、思念的家伙，能够再次成为那个我的感觉真好，即使时间很短暂。

当我行程结束，返回佛罗里达不久后，我回门诊移除胸部的化疗人工血管，毕竟它都闲置几个月了，完成了这道简单的手续，就能避免我在接受治疗期间植入皮下的这组人工装置造成感染。我的朋友兼旧学生詹尼弗充当司机，带我回到再熟悉不过的门诊，我曾做过十六次化疗的地方。进去前，我警告过她，化疗部门不是每个人都赞同我放弃治疗去旅行的决定。我不确定进去后会怎样，但我们一踏进去，就听到从走廊传出最奇怪的声音——掌声。

“怎么回事？”我问。詹尼弗耸耸肩膀，我们穿过走廊，到诊疗室一探究竟。我们进去时，里面所有的病患、护士、医生突然起立，继续鼓掌，足足过了一分钟我才恍然大悟，他们是在为我鼓掌。连几乎站不起来的病患也尽力撑起身体，很多人张开手臂拥抱我，或是在我经过时和我击掌。最后，我最喜欢的护士宋雅颁发一张“紫心证书”给我，表扬我完成旅行。

当初我决定停止治疗、离开家门（等同于《飞越疯人院》里的酋长打破精神病院的窗户，重拾自由），很多人都怀疑我疯了，现在他们为此而向我鼓掌，这一刻，我永远都不会忘记。

我此行花了一百零一天，造访了三十一座城市，拍摄了一千八百四十张照片，录音六十二小时，见到七十五位以前的学生。就像哈克贝利·费恩，在旅行期间，我觉得自己的世界观大为扩大。我和哈克一样，也发现“没有比竹筏更像家的地方了”。

趁还来得及，去跟最爱的人说你爱TA

很谢谢你所做的一切，谢谢你迎接我进入这个新环境，在我辛苦地寻找自己的身份认同并摸索自己想成为怎样的人之际，协助我度过步入青年及日后成年阶段的过渡期。谢谢你在我们长谈男生、友情、父母、大学的话题时展露的慈爱与关怀。谢谢你鼓励我依循我的梦想，不去顾忌前方有多少挑战。最后，谢谢你彻底实践了为师之道，我真是滔天之幸，才会有你这位老师。你不断教导我、启迪我、鼓舞我。很荣幸能够认识你，谢谢你来看我，谢谢你，蒙纳许，我亏欠你很多！

——蒙娜·塔贾里

珊瑚礁高中／2001年毕业

30 ·

从我目前称为家的房子门廊上，看得到苔绿色的道路和路后面的哥特式房舍隐没在黄昏的光线中。太阳刚刚在普里塔尼亚街和新奥尔良西沉（经过这段炎热又湿黏的夏天，连我的粉红色木兰花都萎蔫了），附近好像没有人，也没有车流，只有异样的寂静笼罩着四周，这是量身打造的内省时刻。

但我例外。靠在用滑板制作的躺椅上，我仍然可以感觉到匆忙驶动的火车、走走停停的灰狗巴士和我睡过的几十张沙发的粗硬布料。待在原地、停下来、检视现状、评估每一个教训，全是我还办不到的事。如今常有人问我："你的旅行如何啊？"每次有人问起，我脑子里唯一的念头是我的行程还没结束呢。

或许这本身也是一个课题，也就是不管你有没有察觉到自己在移动，人生都是一趟旅行，你是，我是，大家都是。

我在出发前，就坚信自己会在旅途中过世，但我没有死，我在路上活了下来。旅行没有要了我的命，反倒救了我，将我从人生的最低点带到数一数二的高峰。我发现，低谷与高峰，两者是相连的，正如波诺[1]唱道："如果你想亲吻苍天，最好学会下跪。"嗯，我跪了，一遍又一遍，跌跌撞撞地追赶火车或撞到月台上的人，令我深深谦卑起来——受辱更是家常便饭，但也许我就需要

① U2乐队的主唱，积极参与社会活动，曾多次被诺贝尔和平奖提名。

经历那些事。一直以来，我的座右铭都是："我可以的。"巡回美国的一趟旅行，独自上路，跛着脚，全然要依靠旁人的善行，这让我知道其实不然。

至少我并不孤单，我的孩子们伸出了援手，他们拯救了我。早年，我是一个态度差劲（发型更差劲）的滑板朋克少年，但他们拯救了我。当我放下教职，面对肢体不便的新生活，工作没了，老婆也跑了，他们又拯救了我。实际数字高达上千人的旧学生捎来关爱、祈祷与支持，有几百位遍布美国各地的学生，临时接到我的通知，就放下一切来招待我。没有他们，我真的不知道自己会沦落到哪里去。

我拜访过的学生，几乎都记得人生优先清单，有的人至今还收着单子，在时隔五年、十年后，那张发黄、变皱的纸片依旧夹在高中纪念册或是旧日记里，和他们宝贵的昔日轨迹一块儿收藏，例如一朵压扁的玫瑰、毕业礼帽的流苏、电影或音乐会的旧票根。我有一些学生依然每隔一段时日就会重排一遍清单，以评估在当下的人生中，自己是谁及对自己重要的事物是什么。我告诉他们当年我在课堂上说过的话，当生活变了，我们的优先要务也会变。

看过这么多地方、见过这么多人以后，或许该是重新评估个人优先要务的时候了。

我想自己如今的清单第一项，是一个甚至没出现在我原始人生优先清单中的词：韧性（strength）。我以前把力量（power，在原有的清单中）与韧性混为一谈，但我学到两者的鲜明差异。力量是带来改变的能力。年轻时，我想要那种能力，我要影响别人，我要改变世界，而今我很满意自己曾经善用了当时握在手中的力量，不论那到底是怎样的力量。但韧性关乎耐受力，因此必须放在新清单上接近顶端的位置。因为我只求在剩余的生命里，能有承受最后时日的韧性。

在患癌之前及患癌以来，未曾改变、始终不移的，是我对学生的全心付出，他们是我的第一要务。但自从我上路旅行以来，我醒悟到自己也是他们的优先要务。身为老师，我希望培养出学生对书本和文学的热爱，以及对世界的强烈好奇心。我得到的成果比那更令人欣喜：我的学生都成长为这个世界里宅心仁厚、关爱别人的人。他们在我承受癌症与绝望的风暴时给了我栖身之地，甚至不需要也不期待我的感谢。如果这还不足以重写你对人的信心，我不知道还有什么办得到。

现在太阳几乎完全消失了，夜幕已降临在这一带，但在屋子里，我的身后是有灯光的，我听得到室友詹尼弗和梅丽莎趁着还没吃晚餐，在客厅里谈天说笑。几分钟后，当我们坐下来吃饭，她们会帮我拧开辣酱的盖子，说不定还会帮我切割食物。以前，我会觉得这种生活太可悲。现在呢？嗯，我觉得自己真是好福气，才能有她们在我身边，而她们都是我以前的学生（毕业于2009年和2010年的学生们），她们的存在让这一切更加寓意无穷，就像命运之轮转回了原点。

趁还来得及，去跟最爱的人说你爱TA

我想说的是我这一生的喜乐全是拜你之赐。

你以无比的耐心对待我，对我好到不可思议。

我想说的是——大家都知道这一点。

若说谁救得了我，那就是你了。

我失去了一切，却绝对没有失去你的好。

——弗吉尼亚·伍尔夫

1941年3月

尾声

今天我救了一个人的命。我没有做什么了不起或不符合个人作风的事，就挽回一位打算一死了之的学生。我成为她唯一的理智之声，提出踏实的观点，保证会无条件地接纳她，在我温馨的办公室为她提供安全的空间，进而救了她的命。

我是卡拉·楚西欧，一个高中的辅导顾问，也是大卫·蒙纳许以前的学生。我总觉得是昔日当他学生的经历，激发了我从事教育事业的志向。从以前到现在，蒙纳许对教学的热爱总是令我着迷。教书不是他的“工作”，而是他的挚爱。现在，我也找到了自己的热忱，我每天早上起床都不单单是为了自己，有一整群学生仰赖我露脸呢。蒙纳许，我诚挚地希望你认识到自己的价值。若是我比得上你启迪学生的本事，我就太幸运了。你在我们还是小大人的阶段，给了我们寻找个人热忱的工具。我觉得我们每个人都有潜能；有时候，只要有适当的助力就能挖掘出潜能。你相信我们每一个人都独一无二，培养出我们对于开启种种可能性的渴望。

蒙纳许老师以前有一项我始终搞不懂的日常课堂活动。每一节课，他都会请我们记录一份清单，列出我们在课堂上的言论、活动。例如：离开教室的人，说过的话，我们提出的问题，我们制造的吵闹声。快下课时，大家就比对清单。直到今天，时隔十三年后，我才恍然大悟。这个看似无足轻重的活动给我的教诲是：我们身边随时都有我们没注意到的事情在发生。它教我睁开眼睛看看细微的事物。生活会继续，世界会转动，不会因为我们个人的差异与境遇而暂停。我不禁觉得，这和蒙纳许目前的处境很相像。他正面自己的预期结果，但这没有阻碍他好好地过他的人生，不是每个人都能接受这么严酷的现实。

虽然你不再教书，但你的教诲一直在教导你的学生。我在一所本地大学教过几个学期的大学部心理学，我很快就明白，教科书和标准的课程解不开我的学生全部的疑惑。最后，我发现必须以自己的话来定义不同形态的爱。因为那近乎不可能，我和班上学生分享了“蒙纳许的爱斯基摩类比法”。显然，爱斯基摩人有几百个描述雪的字眼，以便用在不同的情境。为什么我们形容爱的字眼却没那么多？我对妈妈的爱和我对冰激凌的爱不一样。爱是复杂的情感，每个人多多少少都能感受到爱，我们都有爱人的能力。

关爱别人，循循善诱，启迪人心。蒙纳许，如果你想确认自己是否触动了别人的生命，我向你保证，你的确办到了。你的教导与热情，会在你的学生们及一辈子的朋友心里长存。我发誓要活出有目标的人生，并持续将这样的启发传递给最需要的人，你绝对已经将生命用在跨越生存的事物上。

谢词

感谢这些年全家人给我的丰沛的爱、教育与支持。希望我已多少弥补了我在青少年时期让大家吃过的苦头。

非常感谢我的朋友海蒂 · 戈斯坦、托比 · 斯雷尼克、希拉里 · 嘉柏让这趟旅程——进而才有这本书——有机会成真。你们每一位在我的人生当中都扮演着重要的角色，我很感激。

谢谢我的每一位学生，无论是赞助了我的旅程的，还是让我借住在他们家里的，或者只是在我的旅途中跑来和我喝一杯的。你们无法想象，和你们共度的时光对我有多重要。在我踏上这段旅程之前，我人生中意义非凡、最充实的时间，就是和你们在教室共度的时光。当我在旅途中，你们让我看到了自己的人生尚未终结，而且还可以变得更美好。为此，我永远感激你们。

万分感激协助完成这本书的团队。我的经纪人布兰迪 · 鲍尔斯，谢谢你相信这可以成书及你一路上的大力支持。我不可能得到比你更聪颖、更热情、更关怀我的经纪人。马修 · 本杰明，谢谢你对我的信心，指点我怎样把这趟旅行变成真正的一本书！谢谢大卫·福克、丝黛西·克莱默、试金石和西蒙与舒斯特集团全体人员的协助与支持。乔蒂·利佩尔，谢谢你和我谈了许多个小时，协助我将个人的想法变成公开的文章。罗宾·盖比·费希尔，感谢你不但是才华洋溢的作家、美好的搭档，而且为别人着想，温柔、耐心得不得了。没有你，我绝对写不出这本书，在整个写作过程中，最棒的部分是渐渐地认识你，而今还能说你是我的朋友。

感谢这些年来上过我课的每一位学生，希望我教授给各位的东西能有你们教给我的万分之一。

Acceptance 接纳

Adventure 冒险

Artistic Expression 艺术表达

Career 事业

Education 教育

Family 家庭

Friendship 友谊

Fun 玩乐

Health 健康

Honor 荣誉

Independence 独立

Love 爱

Marriage 婚姻

Possessions 财物

Power 力量

Privacy 隐私

Respect 尊重

Security 安全感

Sex 性爱

Shelter 栖身之处

Spirituality 灵性

Style 风格

Technology 科技

Travel 旅游

Victory 胜利

Wealth 富裕

这一生并不长

也许某一天

再也没有机会

趁还来得及

去做你想做的事

去爱你想爱的人

发微博加话题#一个人最后的清单#晒出你的优先清单，哪些想做的事，哪些重要的人……@黑天鹅图书

分享你的清单

找到和你兴趣相投的小伙伴

告诉你爱的人Ta有多重要

示例

@王泽阳wzy

#一个人最后的清单#每天静坐一下，喝一杯茶，跟你在一起浪费时光，无所事事，这样就很好。@黑天鹅图书

@老妖要fighting

#一个人最后的清单#对我来说，最重要的事，应该是自由、健康、自我价值与爱。想要找一个相爱的人，一起过完剩下的一生。@黑天鹅图书